Ecee-Abha

Tome 1

Armand Giordani

Ecee-Abha

Tome 1

Thriller fantastique

© 2023 Armand Giordani

Tous droits réservés.

Édition : BoD – Books on Demand, info@bod.fr
Impression : BoD – Books on Demand, In de Tarpen 42, Norderstedt (Allemagne)

Impression à la demande

ISBN : *978-2-3224-7164-5*

Dépôt légal : Novembre 2022

Avertissement !!!

Voyageur, voyageuse, lors de ce périple, tu découvriras des anecdotes.

Sont-elles vraies ?

Sont-elles fausses ?

À toi de décider et, si le cœur t'en dit, de le découvrir par toi-même.

Partie I

Chapitre 1 : La liberté.

Le silence étouffait le ciel de son vide et de sa solitude. Seuls, dans la nuit sans étoiles, perçaient, ici et là, les cris rauques d'oiseaux affamés. Soudain, comme un enfant délivré de son refuge maternel, un son lancinant et strident rompit le désert de vie.
Les sirènes de la Prison Centrale de l'État firent trembler les murs de leur intempestive alerte.
Des détenus s'étaient échappés.
Depuis la Grande Dépression et l'Ultime Guerre, les établissements pénitentiaires ressemblaient à s'y méprendre à des villes sécurisées. Les enceintes ne protégeaient pas les habitants de ces cités de barbelés, mais, au contraire, les concentraient afin de pouvoir mieux les surveiller et les empêcher de nuire.
C'étaient des assassins, des violeurs, des voleurs, des escrocs, des trafiquants, des passeurs, des clandestins…
Un mélange étrange de pastels, de peintures à eau, à huile,

de fusains et crayons en tous genres.
La dernière guerre avait été déclenchée à la suite du meurtre d'un dirigeant et avait embrasé le monde. Quatre années de souffrance et de terreur suffirent pour engendrer un territoire sans frontières baptisé Európea. Deux autres grandes terres lui faisaient concurrence : América et Asiatica. Le continent africain fut, malheureusement, partagé par les trois puissances majeures en parties égales. Toutefois, la paix bâtie sur des fonds de commerce et d'échanges paraissait établie.
D'où la dénomination d'Ultime Guerre.
Trois hommes, hors des hauts murs, embourbés par les pluies torrentielles qui s'étaient abattues les jours précédents, rampaient sur un sol pâteux et mou. Profitant de cette aubaine afin de maquiller d'un marron sale leur vêtement, plutôt leur uniforme, de détenus, ils avançaient à la force des bras, les jambes poussant et glissant la plupart du temps.
Une lumière cyclope les frôla, projecteur chercheur, mais en peine de trouver ses proies ; ils s'étaient enfoncés un peu plus dans la boue.
« Maintenant ! » cria en chuchotant le leader de l'équipe. Ils se levèrent de concert et se mirent à galoper jusqu'au bout de leur souffle vers le bois voisin.
Au loin, les chiens renifleurs entamèrent leur symphonie d'aboiements, témoin d'une chasse, d'une traque aux hommes aux abois !
« Courez plus vite ! » Haut de près de deux mètres, il faisait des enjambées incroyables, inimaginables et surtout irrattrapables pour les deux autres qui restaient à la traîne !
« Pourquoi Maman l'a-t-elle fait si grand ? Ou pourquoi Maman nous a faits si petits ? » demanda avec humour, le

second au leader. Ce dernier sourit.

Franck, Alberty et Djorak, trois frères condamnés pour de multiples larcins. Arrêtés lors d'un délit, ils furent rapidement mis à la question. Cependant, comme ils avaient avoué sans résistance et tout restitué aux divers propriétaires, le juge, dans sa superbe et émouvante clémence, leur permit de vivre dans la même geôle. C'était une grâce accordée. Se voyant acculé, Franck, le cerveau de l'équipe, avait imaginé ce stratagème afin de garder le lien sacré familial intact, de peur d'être rompu, car les taulards d'une même tribu étaient envoyés systématiquement se morfondre dans des centres fermés éparpillés en Européa !

« Franck ! Le géant avait opéré un demi-tour vers ses frères.

— Oui, Djorak ?

— J'ai aperçu une maison. Les chiens approchent, il faut qu'on se débarrasse de nos vêtements.

— Ouais ! Superbe ! Magnifique ! Allons nous enfermer afin qu'ils puissent mieux nous choper ! ironisa Alberty.

— Tu as une meilleure idée peut-être ? demanda de sa grosse voix Djorak, intimidant à souhait.

— Djorak a raison ! Voyons s'il y a possibilité de trouver un refuge, le temps de souffler un peu. »

Les mâtins, au loin, tiraient sur les laisses alors que le matin, à l'horizon, tirait en longueur. À l'autre bout, des silhouettes découpées, tenant des torches éblouissantes, étaient traînées comme des poissons au bout d'une ligne ; des marionnettistes inversés.

Henderson, le chef des gardes, belle femme d'un blond nuancé de blanc, corps athlétique et d'un caractère trempé dans la forge, en tête avec deux de ses collègues, criait à la cantonade des « Je vous ramènerai ! Je vous le promets ». Hurlements monocordes dans une lande monotone avant d'entrer dans l'obscurité.

Loin devant, des pieds battaient de leur poids un sol verdoyant, mousseux et ombragé.

« Je vous ramènerai ! C'est promis ! » Le chant langoureux de la gardienne se faisait de plus en plus proche.

Les trois hommes avançaient rapidement, dans une course effrénée vers la liberté. Ils arrivèrent non loin de la demeure.

C'était une sorte de manoir nain, dans un style victorien, désuet et angoissant.

« Chouette ! Bienvenue en enfer », ironisa Alberty. Franck s'arrêta, soudain, tétanisé ! Il avait les yeux hagards avec une expression d'incompréhension.

« Je connais cette maison !

— Tu la connais ? Mais d'où ?

— Je ne sais pas. Une impression de déjà-vu… Peu importe ! »

Franck leur fit signe de contourner la bâtisse. Ceignant le lugubre logis, épiant comme des espions, observant comme des astronomes, ils se retrouvèrent devant la porte d'entrée, Franck croquant le marmot ainsi qu'une pomme trouvée par terre, témoin d'un verger réparateur.

Dès leur arrivée, il en lança une à chacun. « Aucune lumière ! », « Aucune voiture ! »

À ces assurances, Franck tenta d'ouvrir en tournant la poignée. En vain. Djorak s'avança face à celle-ci, releva une de ces larges épaules et prit son élan. Franck l'arrêta.

« Non, si on fracasse cette porte, nos poursuivants vont s'en rendre compte rapidement. Il faut la garder intacte.

Laisse-moi faire. »

Il tira de sa manche un morceau de fer qu'il tordit. Il se mit à genoux et entreprit une opération délicate qui ne dura que quelques secondes ! Devant le sourire vainqueur d'Alberty, la porte pivota sur ses gonds. Ils entrèrent prudemment, sur la pointe des pieds. Djorak referma derrière lui, bloquant l'issue à l'aide d'un gros fauteuil basculé sur ses deux pattes arrière. Franck leur montra le premier étage et les pièces du bas. Alberty monta. À pas de chat, il grimpa deux par deux les marches en bois, tentant de ne pas les faire gémir. Il passa en revue chaque salle, investie de meubles fantômes recouverts de draps, symboles de l'attente d'un retour espéré, mais incertain. Il ouvrit une armoire et aperçut des vêtements, poussiéreux certes, mais non boueux, ce qui était un luxe ! Il les prit et rebroussa chemin.

Arrivé en bas, il vit, tout ébaubi, ses deux frangins en train de déguster avec entrain un vieux Porto, navire esseulé dans ce port, échoué sans nul doute afin de réconforter les corps fatigués.

« J'ai trouvé des fringues. Il y en a même un à ta taille, Djorak ! De la bouffe ?

— Non, y avait rien ! affirma le géant !

— Mince ! J'ai faim, la pomme n'a pas suffi ! … Tu as un souci Franck ? »

Depuis un moment, ce dernier regardait intensément autour de lui. « Comme c'est curieux, vous avez remarqué ? ». Ce sentiment de déjà-vu était de plus en plus présent. L'absence d'âmes flottait et emplissait cette angoissante thébaïde. La pièce était toute en longueur, sombre, mais l'on pouvait distinguer des formes étranges le long des murs. Franck prit une lampe à pétrole, la remua et comprit qu'il restait du liquide à l'intérieur. Il craqua une allumette d'une boîte inerte trouvée parmi certains objets et produisit de la clarté. Alberty sursauta : « Tu es fou, on risque de voir la lumière de l'extérieur ! » Mais il se tut rapidement lorsque, relevant ladite lampe du haut de son bras, tel un sportif son trophée, Franck mit en évidence des meubles nappés de linges immaculés, comme au premier étage, mais surtout des tableaux de personnages issus d'une époque très lointaine, d'un temps où l'on se déplaçait en calèche.

Mais, ce qui étonnait, voire effrayait nos frères, c'était l'état monstrueux dans lequel étaient ces peintures. On avait ôté les yeux de chaque quidam représenté. Et face à chacune de ces croûtes, un miroir accroché à l'autre mur comme une sangsue à la peau.

De toute évidence, on avait voulu démontrer que l'on pouvait faire face à sa propre image et ne pouvoir s'y mirer. Cependant, comme plongée dans une mélancolie juvénile, seule une petite fille avait gardé ses orbites.

Nulle Psyché ne la réfléchissait.

Soudain, des aboiements. « Franck, les cabots ! »

Les chiens arrivèrent les premiers, traînant leur maître et toute une foule d'hommes armés.

« Franck, ils sont là, partons ! »

Au commandement de leur patronne, les hommes encerclèrent la maison.

« Je vous l'ai dit, je vous ramènerai. »

Franck n'écoutait plus rien et ni les prières de ses frères ni les ordres intempestifs d'Henderson ne le sortirent de son état d'étonnement et de détermination. Les yeux de cette enfant… Ils ne sont pas normaux, pensait-il.

À l'extérieur, on se mit en charge de défoncer, à l'aide

d'un bélier d'attaque, la porte. Au moment où ils donnèrent le premier coup, Franck apposa ses doigts dans les cercles oculaires de la demoiselle. Aussi soudain qu'imprévu, le sol s'ouvrit.

Des escaliers roulaient vers l'inconnu.

Deuxième coup violent à la porte. Alberty jeta à terre les vêtements.

Franck garda la lampe bien en main.

Les trois frères se ruèrent à l'intérieur de cette bouche géante.

Une fois arrivés sur les marches, le sol se referma au moment même où les poursuivants entraient dans un fracas de bois arrachés, de fauteuils tombés, suite logique d'un troisième coup fatal.

Ils pénétrèrent le lieu en formation de quatre hommes par salle.

À chaque visite, on entendait un « RAS » résonnant du plancher du bas aux tuiles d'en haut.

« Ils ne sont pas là !

— Ah ! Non ? Et ça qu'est-ce que c'est ? »

Henderson avait ramassé les costumes. Elle observa autour d'elle, munie de sa lampe électrique. Elle scruta chaque tableau…

Des regards sans vie se mirant dans une glace sans cœur.

« Ça fout les jetons ! dit son bras droit !

— Pourquoi les yeux ?

— Je ne sais pas ! On dit qu'ils sont les fenêtres de l'âme !

— D'accord, mais alors… pourquoi… cette petite fille les a-t-elle gardés ? »

Elle s'approchait, faisant craquer sous ses pieds le vieux plancher de bois, sous lequel nos trois compères

écoutaient sans respirer.
Elle allait, intriguée comme le fut Franck quelques minutes plus tôt, vers le portrait et tendit sa main afin de toucher les pupilles peintes de cette demoiselle encadrée.
« Ils ne sont pas là, Madame, ils ont dû filer. »
L'arrivée intempestive du garde réveilla Henderson et la fit presque sursauter. Cependant, il en fallait beaucoup pour lui procurer un sentiment de crainte.
« Bien ! Partons et poursuivons ! »
Et, sur ces mots, chacun sortit laissant cet étrange manoir dans le noir.

Chapitre 2 : Les salles secrètes.

« Ils sont partis ! chuchota Alberty.
— Où est-on ? » Djorak, malgré sa taille et son imposante musculature, n'était pas rassuré. Alberty haussa les épaules, ne sachant que répondre.
« On verra, mais on est obligés d'aller de l'avant. Plus le choix. On ne peut plus sortir et je pense que cette galerie court sous la maison et doit déboucher dans le sous-bois.
— Comment sais-tu qu'il y en a un, de ce côté ? Nous tournons le dos à celui que nous avons traversé…
— Je l'ignore… J'ai dit ça, comme ça… ! »
Franck était celui des trois qui conservait son sang-froid en toute occasion.
Ils entamèrent leur descente. Arrivés au bas de l'escalier, ils entendirent un gémissement strident qui devenait de plus en plus proche. Des dizaines de chauves-souris, réveillées sans nul doute par la luminescence produite par l'incandescence du pétrole, se mirent à tourbillonner autour d'eux, les faisant reculer. « Avancez ! » clama Franck.
Mais impossible !
La tornade noire était épuisante, agressant l'ouïe de ses cris suraigus. Djorak prit ses deux frères sous ses bras, comme une maman oiseau enveloppant de ses ailes ses oisillons effrayés, et fonça dans le tas. Ils ne pouvaient marcher vite et leurs pas étaient tantôt freinés, tantôt refoulés par cet ennemi ailé.
Ils atteignirent enfin une porte que Djorak ouvrit facilement et poussant de toutes ses forces ses frères, referma lourdement celle-ci. « Merci frérot ! » Et, ce

disant, Alberty lui fit une bise sur la joue. « Arrête, j'aime pas ça ! » De son immense main épaisse, il fit mine de s'essuyer, mais, au fond, il était fier de cette humide reconnaissance.
« C'est la lumière, j'aurais dû l'éteindre !
— C'est ça Franck et on se serait retrouvés plongés dans les ténèbres peut-être à jamais. N'oublie pas que l'on a fui pour jouir du jour et de la liberté. Non pour s'enfermer sous terre comme un pharaon dans une pyramide… »
Alberty avait raison et Franck le regarda avec un sourire complice. « Bon ! Continuons ».
Cette salle était nue. Aucun objet, rien ne jonchait le sol, nulle trace d'une quelconque existence matérielle sur les murs ! Rien. « Joyeux ! » ricana Alberty. Ils avancèrent ainsi quelques secondes avant de tomber sur une deuxième porte… fermée… sans poignée… sans serrure.
Ils essayèrent de la pousser, point d'affaires !
Djorak de l'enfoncer, vainement.
« Ah ! » se dit, soucieux, Franck. Il balada la lampe et vit une inscription en fronton.
« Si ton désir est de continuer, voyageur imprudent, réponds à cette énigme : je suis le mariage de la sûreté, d'un galliforme et d'une cloche ! Qui suis-je ? »
Alberty pivota sur ses talons
« Mais où est-ce qu'on est tombés, bon sang ? C'est une histoire de fous !
— D'accord avec toi, mais encore une fois, a-t-on le choix ? trancha Franck. Tâchons de trouver la réponse. »
Défaire le nœud de cette intrigue !
Alberty regarda au sol, comme s'il avait perdu ses clefs. Djorak se gratta sa barbe fournie. Franck fixait devant lui, comme hypnotisé.

« Alors ? Commençons par la sûreté ! La sûreté…
— Un coffre-fort ? répliqua sans grand enthousiasme Alberty.
— Peut-être…
— Un galliforme, c'est un couvre-chef ? demanda Djorak
— Non, tu confonds avec l'ancien mot galurin, qui était un chapeau. Répondit Franck ! Non, un galliforme c'est un oiseau. Comme un coq, si tu préfères… Attendez… La sûreté… Essayons quelque chose… Papa nous parlait beaucoup de sa vie en tant que littérateur et historien. Qu'est-ce qui vous inspire le mot "sûreté" à part le fait de se sentir en sécurité ?
— Eh bien d'où on vient… De la prison.
— C'est ça ! La prison… et qui nous met en prison ?
— Ben… La police.
— On y est ! Quand la France existait encore, au XIXe siècle, il y avait un groupe appelé "la brigade de la sûreté" ! Et son chef se nommait François Vidocq.
— Et ça rime avec coq !
— Exactement Djorak, mais, présentement, je pense plutôt à Lecoq ! L'inspecteur Lecoq… un personnage inventé par un auteur français, Émile Gaboriau. Toujours du XIXe siècle.
— Et la cloche ?
— Un sans-abri ? Un clochard ?
— Rien à voir avec tout ça, mon grand. Un bourdon !
— L'insecte ?
— Non, la cloche au son grave, répondit Alberty en imitant une voix de basse.
— Je songe à autre chose ! Quand l'anglais était encore la langue internationale… Vous vous souvenez… À Noël… Jingle Bell !!! Bell !! Joseph Bell ! C'était un éminent

docteur écossais qui avait la particularité de profiler les corps qu'il disséquait pour ses élèves… Toujours au XIXe siècle !
— Et ?
— Ces trois personnalités, François Vidocq, Lecoq et Joseph Bell ont inspiré un auteur très connu… Arthur Conan Doyle pour un illustre héros ! Et ce personnage était… Sherlock Holmes ! »
Un déclic se fit alors entendre. La porte immobile se mut sur ses charnières. Elle glissa lentement, mais sûrement, de quelques millimètres.
Alberty passa le seuil en premier. Franck les regarda en souriant. « Heureusement que j'écoutais tout ce que nous racontait papa… Sinon… »
Et ils investirent ce nouveau lieu. Alberty se retourna : « Mais enfin qu'est-ce que cela veut dire, d'après toi ? » Franck remua simplement la tête alors que derrière eux l'issue se refermait inexorablement.
Ils étaient collés les uns aux autres comme des enfants apeurés et désirant se protéger et se réconforter. « Vous sentez. » Une odeur pernicieuse s'immisçait dans les narines d'abord, dans leur esprit ensuite. Une étrange sensation les envahissait. Un sentiment d'étroitesse, d'étouffement. « Allons vers la porte ! » Ils voulaient, ils espéraient progresser, mais leurs pas faisaient du sur-place.
Les murs bougeaient.
Les murs avançaient.
Les murs allaient les écraser.
« Allez, filez ! Je vais essayer de les retenir ! » gueula Djorak. Il se colla à l'une des parois, mais rien n'y fit ! Elle continuait son déplacement.

Tout à coup, Alberty cria : « Maman !!! Regardez, c'est Maman ! » ! Une femme vêtue d'un délicat voile immaculé, dont le tronc sortait du sol, comme un arbre vivant, leur tendait les mains ! On aurait dit qu'elle était aspirée par le bas : « Venez, mes enfants ! » Djorak, lâchant partiellement la muraille mouvante, étira une main désespérée vers l'apparition. « Maman, aide-nous… ». Franck regardait, hagard, autour de lui. Quand il aperçut sa mère, il tomba à genoux.
« Non ! Notre mère est morte depuis longtemps. On nous fait respirer un gaz… quelque chose qui nous perturbe !
— C'est notre mère, Franck, hurla Alberty, qu'est-ce que tu racontes !
— Alberty, c'est juste un fantôme de notre esprit. Une hallucination ! C'est parce qu'on a peur ! Alors, on voit la seule personne qui était toujours là pour nous quand nous en avions besoin.
— Et les murs, demanda Djorak !
— C'est la même chose. Ils ne se déplacent pas. Lâche-le ! Courons vers la porte. Faites-moi confiance. »
Ils se ruèrent comme ils purent, les blanches mains de leur mère les caressant au passage, accrochèrent la poignée, ouvrirent et passèrent de l'autre côté en clôturant définitivement cette fantasmagorie diabolique.
Ils prirent le temps de respirer, de retrouver leur souffle. La salle, toujours en longueur avec, comme terminaison, une énième poterne, était bizarrement construite, comme si le concepteur avait bâti celle-ci sans aucune cohérence, dans un développement anarchique de toutes les connaissances architecturales sues et réalisées depuis la nuit des temps.
Alberty observa ses frangins et, souriant, dit « Si un lapin

géant passait en proclamant : "Je suis en retard", cela ne m'étonnerait pas. » Ils marquèrent leur visage d'une bouche en croissant de lune, à la fois par l'émotion qui se dégageait d'un souvenir commun, souvenir d'une mère aimante leur lisant les histoires d'antan, mais aussi par cet humour dévastateur qu'avait leur frère en toutes circonstances.
Djorak avança ! Ses pas étaient pesants… par la fatigue… par le poids… par l'angoisse.
Tout à coup, le terrain s'affaissa sous ses pieds. Il se rattrapa comme il put d'une main, les jambes pendant dans un vide absolu.
Les deux autres se jetèrent au sol et fermèrent leurs doigts d'une incroyable contraction à ses manches toujours boueuses. « Tiens bon ». Les mains glissaient, les dents se serraient. Ils bandaient tous leurs muscles afin de remonter le bon gros géant. Mais il était tellement lourd. Tellement. Tellement…
« Je vais vous entraîner avec moi ! Lâchez !
— Hors de question ! »
Alberty était bien décidé à sauver son grand frère, dans les deux sens du mot. Mais la lassitude, le trouble de leur esprit et la boue créaient une combinaison terrible, éprouvante et sans espoir. Imperceptiblement, le corps glissait irrémédiablement vers l'inconnu… et soudain…
Il tomba.
Ils entendirent un cri.
Puis plus rien.
« Djorak ! Djoraaaaak !!!! »
Rien… le silence !
Les deux survivants mirent un temps avant de réaliser.
« Il faut descendre !

— Quoi ?
— Oui, Alberty, nous devons aller voir s'il est toujours vivant.
— D'accord, mais comment ?
— Tu es le plus léger, tu vas prendre la lampe et la diriger vers le bas… je te tiendrai à bout de bras.
— Tu plaisantes ! »
Mais Franck ne plaisantait pas.
« Quelqu'un ne veut pas que nous allions jusqu'au bout ! Tous ces pièges sont bien là pour nous empêcher d'avancer. Mais… c'est notre frère. De plus, il est immense et il est costaud. Alors, on va faire ce que je dis. »
Franck s'étendit sur le ventre et prit dans les siennes la main de son frère.
Et lentement, lentement, le fit descendre dans le trou, de la longueur de leurs bras.
Alberty balada la lampe un peu partout.
« Alors ? Tu vois quelque chose ?
— Rien ! Que dalle !
— Regarde encore.
— J'vois rien, Franck et mon bras me fait mal.
— OK, je te remonte. »
Les deux rescapés se retrouvèrent l'un en face de l'autre, la bouche du monstre entre eux.
« Qu'est-ce qu'on fait, maintenant Franck ?
— Il faut continuer ! On n'a pas le choix.
— Mais… Djorak…
— Je sais… écoute… il est fort, il est puissant ; s'il est toujours vivant, il est capable de nous retrouver. Mais nous, nous devons avancer ! Sinon, nous sommes morts. »
Alberty approuva empli de tristesse et de désarroi.

« Mais si nous faisions demi-tour ! On se rend à Henderson et on survit.

— Survivre n'est pas vivre ! Et revenir sur nos pas n'est pas envisageable. Djorak n'aurait pas été d'accord avec toi. C'est toujours lui qui court devant nous, n'oublie pas cela !

— Ses grandes jambes… »

Mots prononcés accompagnés d'un mouvement de tête voulant dire une chose et son contraire. De l'approbation mêlée à un déni total.

Franck se coucha sur le dos et commença à ramper.

« Qu'est-ce que tu fais ?

— Je n'ai pas envie de tomber dans le gouffre. Fais comme moi. »

Et tous deux, tels des serpents ondulant sournoisement, traînèrent leur carcasse jusqu'à la porte.

Aucun autre piège ?

Alberty tendit la main et tordit la poignée. Un souffle d'air nouveau suivit le grincement lugubre des crapaudines pivotant sur elles-mêmes.

Ils roulèrent de l'autre côté et d'un coup de pied, Franck rabattit la porte dans un claquement terrifiant.

Ils se relevèrent.

Franck brandit sa torche comme la flamme de la liberté et scruta l'horizon bouché.

Au lointain, quelque chose bougeait. Ne pouvant déterminer ce que pouvait être cette silhouette, ils continuèrent leur cheminement, se regardant avec à la fois une mine d'incompréhension et de volonté.

« Bien ! Bien ! Bien ! » Une voix aiguë et irritante fit échos à leurs pas.

« Je vois que vous avez passé les étapes avec succès ! En

général, on n'arrive même pas à franchir la première porte ! Mes félicitations »

Un homme, enfin, un être, grand, frêle, aux membres décharnés, orné d'une tête ovoïde, sans cheveux, sans sourcils et sans expression, se tenait assis en face d'eux. Habillé à la mode des hôtes des tableaux, il brandissait une arme pouvant tirer une dizaine de balles. Mais nul n'aurait pu dire si son chargeur était vide ou plein et de combien de munitions il était pourvu. « Vous avez l'intention de nous tuer ? » Le bonhomme long comme une perche, mais plus petit que Djorak sourit et fit découvrir une bouche noire. « Non ! Si j'avais voulu le faire, vous ne seriez pas là. Enfin, je veux dire, vous n'auriez pas pu m'approcher de cette manière. Non.

— Qu'y a-t-il derrière cette porte ?
— La vérité !
— C'est-à-dire !
— Le vrai nom de la connaissance !
— La liberté ?
— Ce serait trop facile ! Alors, messieurs, êtes-vous prêts à risquer votre vie. Je tire bien et juste. Et l'arme est chargée, je vous assure. »

Il visa la lampe et l'atteignit en l'éteignant d'une abeille de feu. Surpris, Franck la lâcha. Ils pensaient se retrouver dans une obscurité totale et angoissante, mais furent tous deux étonnés de voir tant de clarté dans cette salle souterraine.

« Messieurs, si nous passions aux choses sérieuses. Les chauves-souris, la devinette, les apparitions, le gouffre, n'étaient en sorte que pures formalités… Écoutez bien ceci : "J'ai en ma possession quelque chose que j'avais, que je n'ai plus et que vous aimeriez avoir." Vous n'avez

droit qu'à trois questions. Si à la troisième, ma réponse n'amène pas la vérité, vous mourrez, purement, proprement et définitivement. Trois questions ! »
Ils se regardèrent. Franck allait ouvrir la bouche quand Alberty le stoppa net. Il observa attentivement l'homme. Il le scruta. Et tout en avançant, il leva l'index !
« Première question : lavez-vous souvent vos vêtements ?
— Voyez-vous une machine à laver le linge ici ?
— Deuxième question. Est-on le jour ou la nuit ?
— Qu'importe ? Le jour, la nuit, ne sont que des données formulées pas l'Humain.
— Troisième question : quelle heure est-il ? »
D'un sourire vainqueur, un rictus vint prendre la place sur la bouche violacée de l'individu.
« Ce que vous aviez et que vous n'avez plus, c'est une montre. On aperçoit distinctement la trace dans la poche de votre gilet. Et pas de chaîne ! Et ce que nous aimerions avoir, c'est du temps ! La réponse est donc la montre à gousset. Tu vois, Franck, tu n'es pas le seul à avoir écouté les histoires de Papa. »
Fou de rage, l'homme releva le revolver et fit feu sur Alberty qui s'écroula. Franck fondit sur le tireur, le secoua à en perdre l'arme meurtrière et lui écrasa la tête contre le mur !
L'homme devint livide ; du teint cadavérique qu'était le sien s'ensuivit une transparence laissant deviner les veines de tout son être malveillant.
« Qu'est-ce que ça veut dire, tout ça ? Hein ? Pourquoi ? Pourquoi mettre toutes ces embûches ? Pourquoi ne pas nous permettre de sortir ? Qu'est-ce qu'il y a derrière ?
— Je vous l'ai dit, la vérité !
— Et qu'est-ce que cette vérité ?

— Un lieu !
— Et comment se nomme ce lieu ? Son nom ! Donnez-moi son nom !
— Ecee-Abha !
— Ecee-Abha ? Et c'est quoi ? Une ville ? C'est quoi ?
— C'est Ecee-Abha !
— Encore une de vos foutues devinettes ! »
Il le regarda fixement. Et tout à coup, attiré par une lumière vacillante, il tourna son regard vers des lettres enflammées qui se dessinèrent sur le mur gris.
ECEE-ABHA
Et comme un vent frais et réparateur lui frôlant le visage, il comprit !
« Je sais… je sais… je sais ! » s'écria-t-il…
Et tous les murs s'effondrèrent en une poudre blanchâtre.
Et son frère disparut comme par enchantement, le corps se volatilisant dans l'air en un millier de particules translucides.

Chapitre 3 : La vérité.

Il ouvrit les yeux.
L'homme était allongé. Il avait une trentaine d'années. Physiquement en forme sans être un Apollon. Cheveux noirs et teint latin, il passa ses mains sur son visage puis sur ses paupières comme un gamin se réveillant. Une femme, blonde, à peu près du même âge, lui enlevait les câbles branchés sur son crâne. C'était la gardienne de la centrale… Enfin, c'est le souvenir qu'il en avait. « Je vous avais dit que je vous ramènerais ». L'homme sourit, la reconnaissant dans son vrai rôle de docteur en psychologie appliquée.
« Merci docteur Henderson ! Je sais maintenant où se trouvent tous les corps. »
L'alité était le détective-inspecteur Franck Alberty Djorak. Depuis des années, il traquait un tueur en série. Le modus operandi de ce dernier était la chasse et l'assassinat de jeunes filles. Franck avait fini par découvrir le lieu de ses boucheries.
Et le terme était en dessous de la réalité.
Lorsqu'il débarqua avec son équipe d'assaut chez le tueur présumé, il constata la triste existence d'un monde glauque et sans âme. Le psychopathe en question avait gardé les yeux de ses proies dans des bocaux et les avait entassés sur sa bibliothèque de telle façon que les globes oculaires étaient tournés vers lui.
Il l'avait arrêté après avoir mis en place une chausse-trappe dans laquelle le fou était tombé. Mais il ignorait totalement où se trouvaient les corps des victimes. Et Origan Farius refusait obstinément de dire en quel lieu il

les avait abandonnés.

Un jour, il fit semblant de vouloir collaborer sous forme d'énigmes. Mais cela ne donna rien que la satisfaction qu'il eut d'avoir fait perdre du temps à la police.

La justice prit en compte tout cela et malgré les récriminations de l'avocat, elle ordonna une incursion cérébrale.

Quelques années plus tôt, un savant avait mis au point ce procédé afin de déloger les terroristes qui sévissaient dans les rues des villes d'Européa ! Pénétrer l'univers mental était à double tranchant, car il était probable que cela exerce une influence future sur les réactions physiques, physiologiques et nerveuses, aussi bien chez l'explorateur que chez l'exploré.

C'était tout à fait légal, mais très peu appliqué. Cependant, les dernières avancées scientifiques menées de main de maître par Héléna Henderson permirent à quelques criminels en tous genres de lever le voile sur des pratiques, ou des complices, ou même des caches connues que d'eux-mêmes, sans qu'il leur soit impossible d'y résister.

Franck voulait absolument être le voyageur, car il avait des données en lui ; il savait des choses que beaucoup ignoraient sur Origan Farius.

Son amour pour le 19e siècle, ses notions de l'histoire de la police européenne et de la littérature en général dans toute « sa longitude et sa latitude ».

Comme Origan se plaisait à dire !

« Ecee-Abha, ce sont des coordonnées, dit d'un ton vif et sans ambigüité notre policier aventurier. Passez-moi un GPS. Voyons… E correspond au chiffre 5, C au 3, 5, 5 et A, 1, B, 2, H, 8 et 1.

— Les corps seraient donc enterrés aux 53,55 de latitude

et 12,81 de longitude. Ici-même, dans l'ancienne Allemagne, à quelques kilomètres. fit remarquer la jolie scientifique en regardant le cadran.
— On l'a eu, Héléna ! Cette fois, on l'a ! »

Le lendemain, des tractopelles, des experts de la scientifique, d'autres en uniformes de la police Européa, des tentes, des tombes creusées et des corps ou des restes de corps recouverts investissaient un immense champ, qui fut, au temps jadis, une sublime forêt.
Il n'était pas rare de voir ici et là des femmes ou des hommes assis, terrassés par tant d'horreur, ou vomissant leur déjeuner, écœurés pas une violence insensée !
Franck baissa la tête. Il était en même temps ému et soulagé. Il allait donner la chance aux parents de faire leur deuil. Héléna Henderson s'approcha et le prit par le bras.
« Tout va bien ?
— Oui ! Ça va !
— Comment était-ce, là-bas, dans son esprit ?
— Exactement… exactement comme cette trappe qui s'est ouverte dans le sol. À la fois impressionnante, mais aussi, quelque part, fascinante. L'épouvante dans toute sa noirceur. Les miroirs qui reflétaient des personnages sans yeux. C'est lui ! Il ne pouvait pas se regarder ! J'avais fait la remarque à mes chefs qu'aucune glace, même dans la salle de bain, n'avait sa place. Son cerveau était, et est toujours, une salle secrète… et quiconque veut la franchir peut y rester. Tu sais, Héléna, je t'ai entendue.
— Quand ?
— Quand tu nous criais, enfin, quand tu me criais "Je vous ramènerai". C'était bizarre, car j'étais un évadé, mais en même temps, j'étais conscient que j'étais en mission.

J'avais des frères, mais je savais qu'ils étaient moi !
Étrange sensation de vérité et de rêve habité.
— Pourquoi as-tu voulu te démultiplier ?
— Pour avoir plus de chance. Je jugeais que si j'étais seul et que l'une de mes facettes venait à disparaitre, la mission échouerait. Je devais mettre toutes mes chances de mon côté. En leur donnant un corps, je pouvais les personnaliser. Et j'ai bien fait. Car deux sont mortes. Enfin, tout au moins, dissipées dans les airs.
— L'humour d'Alberty, je comprends, mais Djorak… Tu n'as jamais été un géant.
— Ma mère…
— Oui ? Ta mère…
— Ma mère était une femme extraordinaire, d'une bonté et d'une gentillesse sans failles. Mais elle a beaucoup souffert. C'était une personne de petite taille… une naine. Et pour elle, j'étais son géant. Je me suis servi de cette force qu'elle voyait en moi pour aller de l'avant et affronter les dangers.
— Je ne savais pas…
— Personne ne sait. Mes parents adoptifs m'ont un peu raconté mon histoire et j'ai des bribes de souvenir, voire, même, des émotions, des senteurs qui me sont familières. Apparemment, mon père était un homme brillant, un littérateur, comme il se plaisait à se définir. Mais, il était aussi froid qu'un morceau de glace. Il avait épousé ma mère par amour, mais sa passion pour les livres a mis à bas tout ce qu'il pouvait éprouver pour elle.
— Comment ont-ils appris tout ça ?
— Par le centre de rétention dans lequel j'étais placé.
— Alors… Farius sait des choses de ta vie !
— C'est ce qu'il faut que je lui demande. »

L'après-midi même, Franck fit face à son ennemi juré. Cet adversaire qui avançait pion après pion comme un joueur d'échecs espérait cette confrontation qui n'avait jamais eu lieu depuis son incarcération.
Il était grand, maigre, cheveux gris sur les côtés, mais chauve sur le haut du crâne. Son sourire était presque juvénile, bien loin de ce que l'on attend chez un psychopathe. Son uniforme sombre tranchait avec ses yeux d'un bleu océan rendant encore plus rigide et froide toute son allure. Il devait avoir une soixantaine d'années. Quand Franck entra dans la cellule de « mise à la question », c'est ainsi qu'elle était nommée, Farius était assis, les mains posées, paumes collées à la table. Franck prit place face à lui et le scruta... longuement. Les yeux d'un noir olive du policier étaient sans vie, sans haine ni rancœur. Ce duel de regards était intense.
Ils se jaugeaient.
Les glandes lacrymales étaient asséchées, ils pouvaient tous deux rester longtemps sans cligner. Mais c'est Franck qui rompit ce silence.
« Des séquelles ?
— De mon viol mental ?
— Vous êtes bien placé pour parler de viol !
— De pénétration forcée alors ! Non, aucune ! Et vous, mon cher Franck ?
— De même ! Aucune !
— Tant mieux ! J'aurais été triste que vous eussiez des soucis par ma faute.
— Triste ?
— Je vous aime bien, Franck ! Vous êtes une personne assidue à un travail ardu, opiniâtre et sage ! Vous êtes parfait.

— Que de compliments !
— Mérités !
— Merci !
— Bon ! Vous n'êtes pas venu pour me faire une visite de courtoisie.
— Effectivement. »
Franck l'observa et se lança !
« Quand j'ai franchi votre inconscient, je me suis retrouvé face à un sentiment de déjà-vu.
— Vraiment ?
— Oui. Tout d'abord, la maison…
— Ah ! La maison… enfin, le manoir… oui… oui, oui. C'est normal que vous ayez ressenti quelque chose.
— Pourquoi ?
— Vous y avez vécu.
— Quoi ?
— Quand vous étiez gamin.
— Je n'ai aucun souvenir.
— Vous étiez trop petit. À partir du moment où vous avez commencé votre traque, j'ai pensé que de connaitre votre passé était une notion incontournable ! Des outils utilisables au bon moment.
— Que voulez-vous dire ?
— Quand l'ultime guerre a éclaté, votre père a pris femme, enfant et bagage et s'est terré dans ce lieu. Il était assez lâche comme personnage !
— Passez-vous de commentaires sur mon père.
— Au contraire, vous devriez bien le prendre ! Car vous êtes le contraire de votre géniteur.
— Et cette maison est censée se trouver à quel endroit ?
— Vous n'avez rien compris alors !
— Qu'aurais-je dû comprendre ?

— La vérité !
— Eh bien ?
— Ecee-Abha ! »
Franck le fixa d'un regard intense et immobile. Comme ces hommes statues dans les parcs.
« C'est votre charnier !
— Le grand pré était autrefois une forêt.
— Quel rapport ?
— Il reste un sous-bois. L'avez-vous franchi ? »
Il resta là, bouche bée et donnant l'impression d'avoir reçu un coup dans l'estomac.
« Vous devriez y retourner et passer ce sous-bois. »
Franck le regarda longuement. Un double sentiment passé au mixeur créait un mélange absurde d'incompréhension et de doutes. « Que sait-il sur moi, exactement ? ». Cette phrase, ou plutôt ce questionnement traçaient leur route comme une fusée dans l'espace. Droite et vive.
« Pourquoi devrais-je y retourner ?
— Pour la simple raison que votre raison vous y pousse.
— Je ne saisis pas…
— Vous savez pertinemment que votre vie n'a été qu'une succession de drames et de trahisons. Mais vous n'arrivez pas à déterminer si les trahisons sont les clefs des drames ou inversement.
— Mais que vais-je trouver en traversant le petit bois ?
— Vos réponses, mon cher ! Vos réponses. »
Quelques heures plus tard, Franck se retrouvait au milieu d'arbres d'âges différents, indifférents à sa présence. Il marchait dans des traces qu'il avait l'impression d'avoir lui-même tracées. Comme il n'existait aucun sentier, il était en pleine nature, cette dernière se rappelant à lui de sa présence, par des accroches aux vêtements et des griffures

au cou.

Il sortit enfin de ce bois et vit, à travers un jardin en friche, dans lequel trônaient un millier de chiendents gardiens de ce lieu sinistre, le manoir ! Le fameux manoir nain, sujet de son sentiment de déjà-vu. Il regarda à droite et à gauche, pensant y trouver ses frères imaginaires, mais il était réellement esseulé. Puis… rompant un silence assourdissant… une branche craqua. Dans un mouvement rapide et précis, il dégaina son pistolet.

« Qui est là ?

— Ce n'est que moi, ne tire pas !

— Héléna, qu'est-ce que… ? Il releva le canon de l'arme, des larmes de sueur perlant sur son front. Bon sang ! Merde ! J'aurais pu tirer !

— Tu ne pensais tout de même pas que j'allais te laisser partir seul alors que tu viens de sortir d'une expérience traumatisante. Qu'est-ce que tu fais ici ?

— Tu m'as suivi ? Il rengaina dans son holster.

— Oui, je t'ai suivi ! Et sincèrement, ça n'a pas été difficile ! Je réitère ma question, que fais-tu ici ?

— C'est la demeure dont je t'ai parlé ! Celle de mon aventure cérébrale.

— C'est normal ! Tu étais dans son esprit, c'est lui qui te l'a montrée.

— Non, c'est autre chose, Héléna. Plus personnel… Plus intime.

— Tu veux entrer ?

— Je veux ? Non ! Mais je le dois ! Il faut que je sache si cette maison fait partie de ses souvenirs ou des miens. »
Ils avancèrent, la démarche lourde et freinée par cet océan de verdure jaunie.

Ils se retrouvèrent devant la porte. Héléna regarda vers le

haut. Toutes les fenêtres étaient aveuglées de planches, minces barricades qui donnaient une illusion de sécurité. Franck tira de son sac un couteau multifonctions. Il tenta de déverrouiller cette importune qui ne cédait pas. « Dans mon aventure cérébrale, c'était si simple ». Il n'y arrivait pas ! Il commença à s'énerver. « Veux-tu que j'essaie ? » demanda Héléna, avec un sourire à faire fondre la neige sous moins vingt. Mais Franck était déterminé. Il se redressa droit sur ses jambes, remonta son épaule, se rua et… se retrouva minablement au sol après avoir heurté lourdement la bouche close du logis. Héléna éclata de rire. « Pardon, Franck ! Mais c'était irrésistible. Donne-moi ton canif. » Franck se releva, avec un sourire marié à un rictus de douleur due à sa rencontre avec du chêne massif.
Elle mit un genou à terre et se mit à entreprendre l'opération.
Ce ne fut pas long. Des gonds se firent entendre par leurs grincements inquiétants et stridents.
Il alluma sa torche et entra. Héléna, à ses côtés, vit un interrupteur et le manipula en vain.
Heureusement qu'il faisait jour, car même en pleine clarté, les pièces paraissaient avoir été plongées dans les ténèbres depuis le commencement des temps. Ils avançaient, croisant de temps en temps leurs regards complices.
Franck tourna à droite. La salle aux tableaux était comme dans son aventure intérieure. Sauf, qu'à la lumière de sa torche, il se rendit compte que les peintures étaient intactes. Les personnages étaient droits, raides, avec des yeux fixes qui tranchaient l'air comme des hachoirs des morceaux de viande. Pas de miroir leur faisant face, mais une autre exposition de croûtes, celle-ci plus gaie, plus joyeuse, plus naïve ; des parties de campagne dans des

prés de coquelicots, des pique-niques aux nappes immaculées et aux robes écarlates, des bambins jouant aux cerceaux, aux quilles dans des halls aux longueurs variables.

Au-dessus, de larges fenêtres aux vitraux peints étaient embuées et blanchies d'une épaisse couche de poussière amalgamée.

Une vie dans ce lieu mort.

Franck détourna la tête de cette galerie picturale. Il observa le tableau de la petite fille. Puis, s'approchant, appuya délicatement comme s'il voulait fermer les yeux de sa propre enfant. Mais rien ne se passa. Aucun mécanisme ne se fit entendre. Aucune langue ne sortit du sol à damier. Il fut un moment décontenancé. Héléna le considéra.

« Tu sais que ce que tu as vécu n'est qu'une projection de son esprit malade. Les yeux étaient ses fétiches.

— Je sais ! Mais bon… j'espérais… en fait… j'ignore par où commencer.

— Tu crois qu'il y a vraiment un souterrain ?

— J'en suis certain. »

Il tritura des objets sur les murs, les bougea, les tordit, chercha derrière les cadres. Il tenta de tourner, à la force de ses bras, les deux lions qui trônaient de chaque côté de la cheminée. Héléna, l'imitant, ne cessait de penser qu'il se faisait manipuler. Elle s'arrêta pour le regarder faire, prit un temps pour réfléchir. Elle se mit à contempler la jeune fille au tableau. Et quelque chose lui sauta aux yeux. Juste à côté d'elle, une statue d'une chauve-souris déployant ses ailes. Elle la tint entre ses mains, plus habituées à travailler sur des éprouvettes ou des câbles et, à son grand étonnement, la fit tourner sur son piédestal ;

une trappe s'ouvrit tout à coup. Franck se retourna au bruit. Regarda Héléna avec un air interrogateur.

« Je me suis souvenue que tu m'avais parlé de chauves-souris, alors, j'ai essayé.

— Et tu as réussi, bravo, Héléna. »

Il s'avança et l'embrassa longuement sur la bouche. Geste inattendu qui laissa notre docteur dans un état d'immobilisme proche du mammifère ailé. Elle sourit et apposa sa main sur l'épaule de Franck. Il éclairait les profondeurs. « La trappe était plus grande dans mon voyage ».

Ils descendirent marche après marche, l'escalier en pierre. Aucune présence des cousines de la statue. Pas de cris à se boucher les oreilles. Mais quand il mit enfin son pied sur le sol de la galerie, un flash lui traversa son cerveau en ébullition.

Il était traîné par une main velue. Il était tout petit et devait lever la tête afin de voir qui le tiraillait de cette manière. « Dépêche-toi Franck, ils sont là. Judith, marche plus vite ». Il se tourna et vit une jolie petite femme qui essayait désespérément de les rattraper.

« Ma mère !

— Quoi ? Ta mère ?

— Elle était là ! Ici même. Et mon père me tirait par la manche.

— Tu veux arrêter. »

Elle était inquiète de voir celui pour lequel son cœur battait être si désemparé.

« Non ! »

Ils progressaient lentement dans un noir absolu.

N'apercevant pas l'obstacle d'une pierre sur son chemin, il chuta tout de son long, la torche roulant loin de sa main.

Judith était rattrapée par des formes, des silhouettes.
« Maman ! » cria l'enfant en lui tendant sa menotte potelée. Les soldats serrèrent sa petite mère, la collèrent contre le mur et lui mirent une balle dans la tête.
« Maman » hurla l'enfant devenu homme.
« Quoi ? Qu'est-ce qu'il y a ? Qu'est-ce que tu as vu ?
— Je me souviens, Héléna ! Je sais maintenant comment ma mère est morte. C'était durant l'ultime guerre. J'avais quatre ou cinq ans. Les soldats avaient envahi cette maison qui nous servait de refuge. Ils cherchaient mon père… Mais je ne sais pas pourquoi ! Ils ont assassiné ma maman !
— On devrait arrêter et retourner !
— Non, on continue. »
Il récupéra sa lumière et se releva. « J'ai remarqué quelque chose là-bas. » Pas à pas, ils cheminaient difficilement. Et aussi soudainement que la foudre s'abattant sur un arbre, Franck stoppa net devant un gouffre. Il pointa sa lampe et ne distingua que les abîmes ténébreux.
« Papa, cria l'enfant, Papa !!! » Le petit bonhomme était en larmes. L'adulte aussi. Il se souvint du sol se dérobant sous les pieds de son paternel et le voir disparaître.
« Mon père est tombé ici. Sans doute une ancienne mine abandonnée sur laquelle la propriété a été bâtie. Je me rappelle tout maintenant. J'étais complètement perdu. Désespéré. Les trois soldats arrivèrent quelques minutes plus tard. Un des leurs me prit dans ses bras. Un autre dit : "Tant pis, on ne saura jamais où il l'a caché". Le soldat me remonta et m'emmena dans un centre de rétention dans lequel j'ai grandi. Puis, à six ans, une famille m'adopta… Et à dix-huit ans, j'ai passé le concours pour devenir policier.

— Caché quoi ? Tu sais de quoi ils parlaient ?
— Non ! J'étais trop jeune ! Mais… maintenant que les souvenirs reviennent… viens avec moi. »
Ils prirent le chemin inverse plus rapidement qu'à l'aller. Ils remontèrent les marches deux par deux et se trouvèrent derechef dans la salle aux tableaux.
« Mon père était un littérateur. Son discours était toujours le même ! Il était persuadé que tous les récits des auteurs du dix-neuvième siècle étaient basés sur des faits réels. Oui, je sais, ça paraît fou ! Mais lui, il en était sûr. Tout est clair dans ma tête ! J'entends sa voix ! Je l'écoute. Et je mémorise sans même m'en rendre compte. Il nous abandonnait souvent pour voyager. Il allait surtout dans l'ancienne Angleterre. Et tout ce qu'il rapportait, il le mettait en lieu sûr. Il avait une double cachette. »
Il monta sur un canapé. Et, incrustée dans le cadre d'un tableau, il retrouva une petite clef.
« Elle est toujours là ! ». Il descendit, se retourna, se déplaça vers la cheminée aussi noire à l'extérieur qu'à l'intérieur et introduisit délicatement ladite clef dans une fente. Il la fit tourner et derrière les chenets, une petite porte s'ouvrit découvrant de multiples documents et autres objets insolites, dont une chaîne ornée d'une petite croix, des soldats de plomb et un tube de métal. Ils parcoururent ensemble les notes, prirent le temps de lire, certains écrits. Franck releva la tête et regarda Héléna.
« Héléna !
— Oui ?
— Je pense que j'ai saisi. »

Chapitre 4 : Révélations.

Le lendemain, notre policier se retrouvait à nouveau face à l'ennemi public numéro un.
« Bravo ! » Le prisonnier parut surpris, tout en posant ses mains, paumes épousant le plateau de la table.
« Bravo pour quoi ?
— Eh bien, pour tout ça ! Pour toute cette mise en scène.
— Quelle mise en scène ?
— Voyons… Vous saviez qu'en me renvoyant dans ce manoir, les souvenirs douloureux de l'enfance allaient ressurgir. Je n'arrivais pas à comprendre comment vous pouviez savoir tout ça. Puis, tout m'est revenu comme un film qui défile devant vos yeux. Durant l'ultime guerre, vous étiez un soldat. C'est vous, ou l'un de vos comparses, qui avez tué ma mère et m'avez remonté à la surface. Mais j'étais trop jeune. Vous avez cependant tenté de me faire avouer où se trouvait la cachette de mon père. J'étais tellement effrayé que rien ne pouvait sortir de ma bouche… qu'un torrent de larmes. Aussi, vous avez attendu patiemment. Et je suis devenu policier. L'un des meilleurs de sa promotion.
— Ce n'est pas la modestie qui vous étouffe.
— Ce n'est pas moi qui le dis. Mais vous ! Vous êtes un psychopathe, un tueur en série, un être démoniaque et sans scrupule et un très grand joueur d'échecs. Vos victimes étaient les pions que vous avanciez les uns après les autres. Et moi, les indices, si infimes soient-ils que vous laissiez, étaient les miens. Mais, ces indices-là, vous avez commencé à les déposer, à partir du moment où vous avez

su que je reprenais l'enquête. C'est vrai, avant, rien ! Aucune bavure ! Rien ! Et vous saviez aussi qu'en remontant la source, j'allais vous retrouver. Qu'en ne dévoilant pas la localisation des sépulcres, vous seriez condamné à subir le viol de votre conscience ! Qu'en me fournissant des lieux communs, vous me pousseriez à savoir d'où vous les teniez ! Tout ça, c'est de la mise en scène. Tout cela… pour avoir ceci »
Il jeta sur la table un carnet rouge.
« Vous l'avez retrouvé ?
— Oui, le voilà !
— Vous l'avez ouvert ?
— Bien sûr !
— Vous l'avez lu ?
— Jusqu'au dernier mot ! »
Sur le carnet, une simple inscription : « Whitechapel ». C'était un recueil de mots, de chiffres, de poèmes, de chansons, mais aussi de calculs mathématiques, de recherches physiques et chimiques dans une globalité scientifique. Farius jetait des regards envieux et un sourire vainqueur vint illuminer son visage d'acier.
« Le livre du Premier ! Celui qui nous a ouvert la voie ! Vous avez deviné, Franck, qu'il était, qu'il est ! … notre moteur, notre essence, notre cœur ! Les mémoires de Edward Hyde. Mais plus encore…
— Ah ! Oui ! Oui, d'après les diverses notes que j'ai pu lire, ce Mister Hyde était donc le redoutable Jack l'Éventreur ! Mais Hyde est une pure invention littéraire alors que le fameux éventreur de l'East End de Londres était réel.
— Non, Hyde a bien existé. Robert Louis Stevenson l'a rencontré, ou plutôt son double. Et il n'a fait que transcrire

ce que le vrai docteur Jekyll lui a raconté.

— Conneries !

— Oh ! Quel vilain mot ! Grossier ! Sans saveur ! … Franck, c'est moi qui vous ai pris dans mes bras, c'est moi qui vous ai interrogé sur la cachette, déposé dans le centre, rendu visite en vous apportant des friandises, vous ai permis de faire connaissance avec votre famille d'accueil. Tout ça, c'est moi ! Cependant, chaque fois que je venais vous voir, c'était toujours en présence ou d'un homme de loi ou de vos parents adoptifs. Je ne pouvais malheureusement rien tenter. J'espérais que votre mémoire reviendrait… Je priais même… J'ai patienté durant toutes ces années. Quand vous êtes devenu policier, je pensais que c'était terminé. Que tout était fini pour nous ! Et puis est arrivé le miracle de la science ! Ces voyages intérieurs, quelle bénédiction. Après tout, les prodiges existent. Au début, je chassais et tuais pour le plaisir. Mais au moment où j'ai su que vous deveniez le maître d'œuvre de l'enquête, j'ai chassé et tué par nécessité ! La nécessité de vous compromettre et de vous pousser dans vos retranchements. Alors, j'ai parsemé, comme les pétales sur la tombe d'Ophélie, des indices, des marques de mon passage sur les corps de ces Desdémone, tel Othello donnant le dernier baiser à sa douce ! Tout ce que j'ai entrepris n'était pas que marqué sous le sceau du plaisir personnel. Non… Tout cela ! Cette immense partie d'échecs que l'on joue depuis des années, sur ce grandiose plateau nommé Européa, mon cher… Je l'ai créée pour nous !

— Qui ça, nous ?

— Franck, ce livre recèle en son sein un secret non dévoilé. Jack l'Éventreur était un vrai docteur en médecine, bon, loyal, mais qui s'est laissé dépasser par un narcotique qu'il avait lui-même imaginé, inventé, produit. Cette potion le rendait plus fort, plus rapide, plus instinctif et beaucoup plus cruel. La nouvelle de Stevenson n'est que le premier acte d'une pièce tragi-comique. Jekyll se métamorphosa en Hyde, Hyde mit au monde Jack et Jack devint une légende. Mais toute légende prend sa source dans le vrai. Et c'est pour cette raison que la police londonienne n'a jamais pu l'attraper. Elle croyait, ignorante et sotte, que Jack était unique, mais il était une Trinité ; Jekyll, le père, Hyde le fils et Jack le Saint-Esprit ! L'inspecteur Aberline estimait être sa Némésis comme vous pensiez être la mienne. Néanmoins, vous avez tout faux ! Tous les deux ! Vous imaginiez, pauvre humain que vous êtes, que nous n'étions qu'un ! ... Alors que nous sommes multitudes ! ... Pour nous, Franck, l'essentiel était que vous retrouviez ce document.

— Mais qui ça "nous" ?

— Rappelez-vous, Franck, nous étions trois. Trois silhouettes ! Trois entités ! Trois soldats ! Une nouvelle Trinité ! Les deux autres sont toujours vivants. En sommeil. Nous devions établir un triumvirat de l'abomination, car qui détient le pouvoir de la terreur est empereur sur ses terres. Et dès qu'ils sauront que vous l'avez... que vous avez ce pour quoi nous existons ... mon fou et ma tour vous mettront en échec. C'est terminé pour vous, Franck. Ils vont vous le reprendre, vous tuer et continuer notre œuvre.

— Mais vous moisirez en prison, vous, pour le reste de votre vie.

— Ce sera donc un aigle à deux têtes. Et quand cet aigle fondra sur vous, il ne restera que larmes et souffrances.

— Mais un jour, cet aigle mourra !
— Non, car ce Saint Graal, ce livre des morts, ce Nécronomicon traversera les temps et d'âge en âge, engendrera des armées de libérateurs ! Je suis, grâce à lui, le docteur Moreau d'une nouvelle race ! Je suis l'invisible, car je peux être partout et nulle part. Je suis le créateur de la guerre des mondes existants. Je suis la toute-puissance ! Je vampirise le suc mielleux d'une naïveté déconcertante, enfant chéri d'une morale dictée par les profiteurs. Entendez-vous tinter cette cloche ? La fin de l'innocence sonne le glas ! Et le monde des ténèbres finira par régner !
— Donc, si je comprends bien, vous m'avez manipulé afin de récupérer un document que vous pensez être vrai ?
— Tout comme votre père !
— Mon père était, je pense, un égocentrique arrogant et suffisant ! Je me suis souvenu… par bribes certes… de l'intérêt qu'il portait à ce livre.
— Sans doute, mais il connaissait son affaire. Ce document est authentique et tout ce qu'il décrit l'est tout aussi.
— Vous en êtes certain ?
— Je le suis.
— Ce livre rouge me met donc en péril.
— Vous n'y échapperez pas !
— Bien. »
Ce disant, Franck sortit une petite bouteille et aspergea le carnet. Une odeur forte attaqua les narines. Farius le regarda, interloqué. « Qu'est-ce que vous faites ? » Le policier prit son briquet de sa poche revolver et tenta de l'éclairer. Farius, détachant les paumes de la table et déployant ses bras longs et maigres, lui sauta à la gorge. Une confrontation violente s'ensuivit jusqu'à l'entrée des

gardes. Ils le plaquèrent contre le mur. Il hurlait comme un chien face à son maître mort, comme un loup à la lune, tenaillé par la faim. Franck laissa la flamme lécher le document qui prit feu sous les hoquets du prisonnier en transe.

« Vous n'aviez pas le droit ! On vous le fera payer au centuple.

— Payer quoi ? Vous croyez vraiment que je n'ai pas pris mes dispositions. Quand mes souvenirs me sont revenus, je vous ai revu m'empoignant et me tirant dans vos bras. J'en ai la nausée. Hier, j'ai contacté les affaires militaires et on a retrouvé les deux autres soldats qui étaient toujours collés à vos basques Frédéric Zinger et Harold Fergusson. On les a arrêtés. Ils sont dans une prison centrale. Et vous… Vous m'avez attaqué. Vous serez donc condamné à mort par injection. C'est la sentence sans appel quand on tente d'assassiner une personne détentrice de l'autorité publique. Échec et mat ! Tout ça pour un carnet…

— Non, tout ça pour la vérité !

— La vérité sur quoi ?

— Sur la nature humaine. L'Humain et le Monstre. Deux entités qui cheminent main dans la main.

— Demain, le Monstre va mourir.

— Et c'est l'Humain qui va le tuer. Et un Monstre naitra ! »

Sur ces paroles, il fut emmené.

Franck le regarda partir. Il se noyait dans une mer de questionnements.

« Tu as brûlé, l'original ? demanda Héléna.

— Tu plaisantes, c'est un faux que j'ai fait rapidement. Si j'avais abîmé le vrai, mon père serait sorti de sa tombe pour me mettre à la torture.

— Tu crois vraiment que c'est une sorte de bible pour psychopathes ? Un recueil de théorèmes visant à démultiplier force et vitesse en pratiquant l'horreur ?

— Je n'en sais rien et ne veux pas le savoir. Et là où il est, personne ne pourra le retrouver.

— Où est-il ?

— Parmi les chimères. Héléna, l'affaire Origan Farius est close ! » Ils sortirent.

Le jour de l'exécution arriva alors que le ciel grondant se noircissait de nuages pleurant des perles d'eau.
Farius était allongé sur un brancard, sanglé de la tête aux pieds. Des hommes poussaient le lit à roulettes, dont seul le grincement du frottement sur le sol contrariait le silence profond.
Ils pénétrèrent dans une salle. Deux hommes, un d'un certain âge et l'autre beaucoup plus jeune, certainement un apprenti, l'attendaient. Les bourreaux. Ils étaient équipés de masques et de gants. Alors qu'ils allaient pratiquer cette ultime intervention afin d'ôter la vie, Farius articula quelque chose au plus jeune des exécuteurs.
Ce dernier se déplaça, ouvrit une porte donnant sur une salle dans laquelle des silhouettes étaient debout, spectateur de cet étrange spectacle.
« Il demande à parler à Monsieur Djorak » Franck le regarda puis se tourna vers un autre homme qui accorda d'un hochement de tête à cette requête.
Il entra, suivi du bourreau.
« Merci Franck, de satisfaire ma requête ! Je suis très touché.

— Qu'est-ce que tu veux Farius ?

— Je vais mourir, mais avant de passer de vie à trépas, j'aimerais te glisser un dernier mot à l'oreille. » Franck hésita puis accéda à sa supplication. Il se pencha. Farius articula une phrase inaudible pour tout un chacun, sauf pour le détective-inspecteur.
Ce dernier repartit dans la salle des témoins.
Il avait l'air soucieux.
« Qu'est-ce qu'il vous a dit ?
— Je ne… je ne sais pas Monsieur le Juge. »
Les bourreaux plantèrent les aiguilles…
Farius sourit.
Franck baissa la tête, inquiet.
Puis…
Le noir…

Chapitre 5 : Noires sont les profondeurs

Tout était sombre.
Un goute à goute perpétuel agressait son ouïe de sa musique angoissante.
Il avait du mal à respirer.
À tâtons, il cherchait l'espace inconnu le ceignant de ses ténèbres. Seul le sol sur lequel il reposait était à distance de ses mains. Il en tendit une vers le haut, espérant sans doute effleurer un plafond bas ou accrocher ses dix doigts à quelques suspensions.
Le néant était son compagnon.
Il inspirait et expirait dans un rythme soutenu. Il sentait bien que l'air vicié qu'il respirait était une combinaison de moisissures et d'eaux stagnantes.
Il tenta de se lever. Ses jambes étaient pesantes et ses pieds dérapaient au moindre à-coup désespéré.
Le corps chutait et rechutait sans cesse.
Il avait mal. Mais d'une douleur lancinante et sournoise qui investissait ses membres, ses muscles, son âme.
« Il y a quelqu'un ? » chuchota-t-il dans un premier temps.
« Il a quelqu'un ? » cria-t-il enfin.
Seules les perles d'eau tintant à ses oreilles lui répondirent… ironiquement, cyniquement.
Il passa ses mains sur son visage. Ses yeux, emplis de poussière et de larmes d'effort, lui donnaient l'impression d'être passés à la flamme, tant la brûlure le torturait.
« Qu'est-ce que j'fous là ? » se questionna-t-il. Sachant pertinemment qu'il n'aurait aucune réponse, il se mit à genoux et commença à progresser vers un éventuel mur lui faisant face.

Son pantalon laissait sans nul doute des traces derrière lui, comme un escargot, sa bave, car il éprouvait une sensation malsaine d'humides présences sur ses tibias.
Sa tête frappa la première. Puis ses mains remontèrent, presque sensuellement, le long d'une cloison. Elle était râpeuse. Des trous, de grosseurs variables, égratignaient ses paumes. Mais ces nouvelles blessures ne le firent pas souffrir. Il avait enfin un repère.
Il s'adossa et fixa le sombre lieu, espérant vaincre la nuit.
« Un tuyau percé, des flaques, un vieux mur… Une cave ? Une maison abandonnée ? »
Il s'obligeait à penser… à réfléchir… à donner du concret à cette atmosphère abstraite.
« Alors… Voyons… Tout d'abord… Qui suis-je ? … » La réponse ne venait pas. Elle restait bloquée dans les méandres de son esprit enclin au doute et aux questionnements.
« Mon nom… J'ai oublié mon nom… Et… Comment j'ai pu arriver ici ? » Il avait l'impression que son cerveau s'enfonçait lentement mais sûrement dans une vase visqueuse et grasse. Plus rien ne se bousculait. Tout était comme au ralenti, comme une de ces courses inertes des rêves les plus absurdes. « Mais c'est un cauchemar ! » Il commença à se taper la tête contre la paroi. D'abord doucement, puis de plus en plus fort, de plus en plus rapide, de plus en plus violemment. Il sentit se lézarder une fissure à l'arrière de son crâne, mais il ne put dire si c'était le mur ou sa tête.
Dans une angoisse grandissante, il déplaça sa main.
La plaqua au-dessus de sa nuque.
Une douche de sueur glissa entre ses doigts. Mais dans l'obscurité totale, il ne sut si cette suintante substance était

eau ou sang.

Une lueur rouge vint soudainement agresser sa vue, au point qu'il en ferma instinctivement les paupières. Il resta quelques secondes avec les yeux clos… puis mi-clos… enfin ouverts. Il regarda attentivement ; des néons puissants formaient des chiffres. 315 131.

« 315 131… » lit-il, la bouche entrouverte.

Forçant sur ses jambes, il poussa vers le haut, se servant de son dos comme appui contre le mur. Il se releva et, titubant, s'approcha de cette lumière artificielle. Il l'observa. Puis, d'un mouvement vif, se retourna pour regarder l'ensemble de la pièce.

De la noirceur abyssale, il se retrouva immergé dans un lieu vaste et sale. Le haut plafond et les parois disparates lui donnèrent à penser qu'il était dans quelques fortifications établies lors de l'Ultime Guerre. Le nappage rubis flamboyait de toutes parts et peignait l'antre d'une dantesque couleur.

Il pivota à nouveau et regarda sa main mouillée à la lueur du luminaire.

C'était du sang ? Il n'en était pas sûr. Trompé par les reflets ambrés.

Comme un picotement à l'arrière de son dos, il sentit, ou plutôt il ressentit une présence.

Un je ne sais quoi à la fois de dangereux et d'improbable.

Ses orbites se déplacèrent de gauche à droite.

Puis ce fut la tête qui fit un quart de tour.

Enfin, il fit face à cette étrange apparition.

Un homme de petite taille, la tête en forme de poire, le regardait fixement de ses yeux d'un bleu si clair qu'ils en étaient presque froids. Il était vêtu de manière hétéroclite ; d'un pantalon et d'un haut trop larges et trop longs pour

lui. Mais sans aucune temporalité.
« Qui êtes-vous ? »
— Non, vous ! Qui êtes-vous ? lui rétorqua le farfadet.
« Si je le savais… » répondit l'homme en se déplaçant vers son nouveau compagnon.
« Vous ne le savez point ? Je suis étonné. Comment ? Vous ne connaissez pas votre nom ?
— Je l'ai oublié.
— Oublié ? Voilà qui est fâcheux pour vous.
— À qui le dites-vous !
— L'amnésie peut être due à plusieurs causes. Le facteur stress, sans doute. Quel métier faites-vous donc, Monsieur ?
— Je suis… » Il s'arrêta net. Il se rendit compte qu'il en avait oublié jusqu'à son métier.
Ses pupilles se dilatèrent et se contractèrent.
Se dilatèrent et se contractèrent.
Il tournait sur lui-même, comme une toupie pivotant sans raison. Il s'affala, comme un pantin privé de ses fils.
Son passé était effacé !
Le regard balayant le sol, il remonta vers la lumière.
315 131.
Il fronça ses sourcils.
Observa quelques secondes ses pieds.
Puis leva ses yeux vers l'étrange bonhomme qui se tenait toujours droit devant lui.
« C'est quoi, ces chiffres ?
— Ce n'est pas la bonne question, mon cher. Mais mettons-la de côté pour le moment, voulez-vous ? »
Dodelinant tout son corps, il s'approcha de l'homme sans mémoire. Il s'accroupit et lui sourit.
« Vous devez être totalement égaré, mon ami. Je vais vous

aider à trouver un chemin. »
Il regardait le nain avec une grimace qui trahissait le doute.
« Peu importe le chemin que je vous ferai prendre. Ce sera toujours une voie.
— Vers la liberté ?
— Peut-être… Qui connait l'avenir ?
— Et comment m'aiderez-vous ?
— Voyons… C'est vous qui allez définir vos priorités ! Que voulez-vous savoir, avant tout ?
— Mon nom ! » Cette réponse était sans appel.
« Votre nom ? … Alors, voilà comment ça fonctionne ici. Je vous explique ! Écoutez bien ! C'est un test…
— Un test ?
— Exact ! Un examen ! Pour chaque bonne réponse que vous me donnerez, une autre vous est offerte.
— Et si elles sont mauvaises ?
— Si elles sont inexactes ou partielles… Vous aurez à affronter des épreuves… De plus en plus dangereuses. Des plus étranges ! Et des plus surprenants ! Vous êtes partant ?
— Ai-je le choix ?
— Je ne crois pas ! »
Il lui sourit, dévoilant une dentition quasi parfaite. Il était donc bien nourri, en conclut rapidement notre héros.
« Ce premier essai est une série d'énigmes, qu'il vous faudra résoudre.
— OK ! Il hocha la tête, mais sans grande conviction.
— Écoutez bien ! Vous êtes un javelot d'origine germanique et vous êtes prisonnier. »
Assis sur son séant, il se mit à réfléchir ! Connaissait-il quelque chose en armes médiévales ? Ou même savait-il

parler l'allemand ? Il secouait sa tête. Peut-être qu'en la branlant de cette manière, une réponse, quelle qu'elle soit, pourrait choir sur le sol humide comme des pommes d'un arbre fruitier.

« Vous me donnerez votre réponse rapidement, j'espère !
— Putain ! Mais c'est quoi ces questions à la noix ? Qu'est-ce que j'en sais moi ! Je vous ai dit que j'ai tout oublié ! Et vous espérez une… attendez… Attendez…
— J'attends ! Je ne fais que ça !
— Un javelot c'est comme une lance. Et vous m'avez aidé en disant "J'espère"… Ça me revient maintenant ! Le nom est Speer ! C'est Speer ! »

Contre toute attente, le nain explosa de rire.

Puis commença à grandir, grandir.

Lorsque sa taille se stabilisa, il avait poussé de soixante-dix centimètres environ. Présentement, les vêtements étaient à sa taille.

Devant cette sorcellerie, l'homme sans mémoire recula, s'aidant de ses mains et poussant sur ses pieds. Son dos frappa violemment contre le mur au décorum fluorescent.

« Qu'est-ce que c'est que… C'est un cauchemar ! C'est quoi, ça ? » hurla-t-il ?

« La réaction à votre mauvaise réponse. Je vous avais prévenu.
— Mais c'est impossible !
— Mais non… C'est bien possible puisque vous venez d'en être le témoin. Appelez-moi Chanvret ! »

Alors qu'il venait à peine de terminer sa phrase, la lumière commença à clignoter. Un bruit sourd de tonnerre fit vibrer le sol, les murs et le plafond. Des coups de plus en plus puissants effritèrent le bâti, faisant voleter dans l'espace des miettes de la structure. L'homme sans nom se

mit à trembler de tous ses membres. À chaque explosion, tout son corps sursautait, tressaillait et bondissait. Des larmes coulaient. Il avait peur. Une peur non maîtrisée. Non assumée. Il sentit dans son pantalon de l'urine chaude et nauséabonde.
Puis tout s'arrêta.
Il respirait vite et son regard vidé donnait l'illusion d'une mort cérébrale. Mais il était toujours là ! Il ne faisait que pointer ses yeux marron vers ledit Chanvret.
« C'est vous qui avez fait ça ? » demanda-t-il en faisant un cercle avec le bout de son index.
« Mais… que nenni, mon très cher ! Moi, je n'ai fait que changer d'apparence.
— Pas tout à fait, Chanvret.
— Que voulez-vous dire ?
— Vous avez toujours votre tête en forme de poire !
— De l'humour ! Bravo !! Vous en aurez besoin si vos réponses sont de l'acabit de la dernière.
— OK ! Donc, ce n'était pas… Non ! Je ne vais pas dire le mot ! »
Il fit basculer sa tête vers l'arrière.
Regarda la suite de chiffres rougeâtres.
Puis se replaça face au sorcier.
Il humecta ses commissures d'un coup de langue. Il avait très soif, mais il ne demanderait rien ! Craignant une nouvelle attaque souterraine ou terrestre.
Soulignant ses lèvres d'un sourire vainqueur, il dit d'un seul trait :
« Le terme germanique de javelot était Franca ! Ce sont les Anglais qui l'ont assimilé au prénom Franck, forme britannique de l'ancien français, François. Lui-même issu du terme latin "Francus", c'est-à-dire "l'Homme libre".

Mon prénom est donc Franck ! » Il était rassuré ; il savait quelques mots d'allemand. Il était donc lettré ou tout au moins polyglotte.
Chanvret applaudit à tout rompre.
« Bravo ! Mon cher, bravo ! Oui, votre premier prénom est Franck ! Et vous êtes un homme libre ! Bravo ! Oui ! Bravo ! Mais… Mais vous en avez un deuxième. Eh oui ! Vos parents vous ont affublé d'un second prénom ! » dit-il en le regardant d'un air moqueur.
Franck effaça son sourire et se leva, appuyant sa main gauche contre le mur. Au-dessus de sa tête, la lumière rouge créait une forme d'auréole quasi mystique.
Chanvret observa un moment ce tableau, ne voulant pas éclater de rire.
« Bien ! Soyez attentif ! $A = X+Y+Z$, tout est relatif. »
Franck, dubitatif, passa sa lèvre inférieure sous ses dents d'en haut. Il était en souffrance ! Que pouvaient être ces lettres additionnées ? Était-il bon en mathématiques ? Pouvait-on faire des calculs avec des voyelles et des consonnes ?
« Un instant ! Vous m'avez dit tout à l'heure que lorsque je donnerai une bonne réponse, la suivante m'était offerte.
— Oui ! C'est vrai ! Mais votre réponse première était fausse. Votre deuxième choix, le bon, n'est donc pas pris en compte.
— Vous faites et refaites les règles comme bon vous semble, n'est-ce pas ? »
Chanvret le regarda, son sourire ressemblant étrangement à un rictus. Franck s'adossa totalement contre le mur arrière et croisa ses jambes ainsi que ses bras. Il tentait de gagner du temps. Ce temps si important à l'analyse de cette devinette.

« Qu'est-ce qu'il se passe, si je ne trouve pas la bonne réponse ? »

Chanvret fit bouger sa tête dans tous les sens en produisant avec sa bouche un bruit voulant dire un « Ce ne serait pas bon pour vous ! ».

Franck le quitta des yeux quelques secondes.

« Je réfléchis à voix haute ! Tout ce que je dirai ne sera pas tenu comme réponse. D'accord ? » Chanvret lui fit un signe de la main en forme d'approbation.

« A=X+Y+Z et tout est relatif… Relatif… »

Il décolla du mur et, pour la première fois, fit quelques pas en avant. Tout en ayant les yeux rivés au sol, il commença à faire les cent pas.

Comme un soldat veillant sur sa forteresse, il devint la vigie d'idées venant d'horizons lointains.

Il les cadenassait, les décortiquait, les analysait en silence, à contrario de ce qu'il avait annoncé.

« Je me souviens d'un petit homme rond dont la tête en forme de cucurbite semblait si flasque, si grasse, qu'elle ne faisait qu'un avec le tronc. Mais cet homme au physique si disproportionné était un professeur de mathématiques sans égal. En effet, au-delà des formules et des problèmes imposés par l'Académie des Sciences et Mathématiques au collège, il se plaisait à badiner sur ses héros ; ces femmes et ces hommes qui ont marqué l'Histoire de la Connaissance. Il aimait parler surtout d'une certaine forme de relativité de la vie. Et sa phrase préférée était : "Soit A un succès dans la vie. Alors $A = x + y + z$, où x = travailler, y = s'amuser, z = se taire.". La théorie de la relativité fut aussi un cheval de bataille pour l'homme qui prononça ces mots. Albert Einstein. Mon second prénom est… »

Chanvret fixa ses yeux sur sa bouche, attendant l'erreur, la faute, la trappe par laquelle Franck disparaitra.
« En fait non, je ne le dirai pas.
— Pour quelle raison ?
— Je préfère.
— Cela n'a pas de sens.
— Tout comme ce jeu stupide et ce lieu.
— C'est pourtant un jeu que vous aimez.
— Trouver des solutions ?
— Résoudre des énigmes.
— Ah ! Je suis donc un flic ?!
— Peut-être.
— Allons, Chanvret. Je suis un policier. Et un bon, en plus ! Je le sais ! D'ailleurs, j'en ai une pour vous, d'énigme. Qu'est-ce qui va, vient, part et revient ? »
Chanvret se figea. Il comprit.
« La mémoire, Chanvret ! La mé-moi-re ! »
Il se posta face à lui, un demi-sourire éclairant son visage trentenaire.
« Je suis Franck Alberty Djorak. »

Chapitre 6 : Rouge est le sang.

Franck l'observa quelques secondes. Espérant une riposte, si minime soit-elle. Mais celui-ci resta de marbre.
Chanvret posa sur Franck un regard à la fois glacial et déshumanisé. Soudain, comme un nuage passant sur sa rétine, ses yeux changèrent de couleur. D'un bleu de givre, ils devinrent aussi sombres que les abysses.
Franck, spectateur de cette nouvelle mutation, ne réagit point. Il ne fit que faire pivoter sur son axe sa tête, faisant craquer son cou au passage.
Chanvret ouvrit enfin la bouche. Mais rien ne sortit. Juste un peu d'air froid. Il esquissa un sourire.
« Bravo ! Inattendu !
— Quoi donc ?
— Votre mémoire qui revient, comme cela, subito ! » Il claqua ses doigts.
Franck croisa les bras, en signe de défiance et d'autorité.
« Alors, vous allez enfin me dire ce que je fiche ici ?
— Patience, mon ami. Nous n'avons pas encore terminé. Loin de là. Pour savoir le nom de ce lieu, il faudra en sortir. Mais pour en sortir, d'autres énigmes vont suivre.
— Oh ! Il y en a marre. »
Sur ces mots, moins vif qu'il l'aurait voulu, il sauta sur Chanvret… et se retrouva, la bouche épousant le sol sale et humide. Il se souleva. Vit l'homme à la tête de poire de l'autre côté de la salle. Il s'était évaporé et déplacé dans les airs comme téléporté.
Franck se releva. Il s'était fait mal au coude et le frottait vaillamment.
« Allons, Franck… Puis-je vous appeler Franck ? Ce lieu

imprime de l'intimité dans nos esprits. Comme je suis beau joueur et que vous avez trouvé la réponse concernant votre nom, je vais vous donner une réponse. Écoutez bien. Je sais que vous aimez les charades et autres mystères à éclaircir. La réponse est Morgue. »
Franck fronça les sourcils. Cette réponse était encore plus étrange, car elle suscitait en lui nombre de questions.
« Morgue ?
— Lui-même. »
Franck était perdu dans ses pensées. Il cherchait et cherchait encore. Cependant, derrière lui, une lumière des plus vives prit naissance. Comme réveillé soudainement, il pivota sur ses talons. Dans un même temps, des hommes entrèrent. Enfin, des hommes… Des silhouettes, plus précisément, débutèrent dans un silence total.
Certaines tenaient entre leurs mains des petits drapeaux qu'elles maniaient étrangement. Ces pavillons claquaient à chaque mouvement de bras. Des jambes montaient, d'autres s'écartaient. On aurait dit une chorégraphie morbide et inaudible. Seuls les frottements de l'air sur les toiles volantes produisaient une ambiance de navire cinglant les flots. Franck, spectateur de ce spectacle spectral, observait avec une attention toute particulière. Ces mouvements, ces attitudes et cette image ne lui étaient pas inconnus ; il avait déjà été témoin d'un tel phénomène… Mais où ? Quand ? Comment ? Et quel rapport avec le mot « morgue » ? Il tentait de créer une connexion entre ce que le visuel lui offrait et cette réponse donnée par Chanvret.
Puis, dans un silence tout aussi macabre, les silhouettes s'évanouirent, les unes après les autres. Chanvret applaudit à tout rompre !

« Quel Show ! Magnifique ! Votre réponse ?
— Ma réponse ?
— À la question qui vous a été énoncée !
— Je… » Il s'arrêta net.
Le sol vibra… Les murs résonnèrent… Une implosion…
Une explosion…
Quelque chose de sourd envahit le huis clos.
« Qu'est-ce qu'il s'est passé ?
— Franck, c'est moi qui pose les questions. Vous avez gardé cette sale habitude de flics ! Vous pensez vraiment que je vais vous dévoiler quelque chose. Monsieur Djorak, vous n'avez que quelques secondes pour me donner votre réponse.
— Mais la question n'en est pas une ! C'est un rébus à forme humaine. Des hommes qui dansent avec des drapeaux comme… » Il stoppa net son raisonnement. Il avait tout faux de vouloir trouver un lien avec la « morgue ». Mais non… C'était beaucoup plus simple que cela.
« J'ai très peu de liens génétiques avec mon propre père. Si ce n'est l'amour de la littérature du 19e siècle. En 1903, Arthur Conan Doyle sortit dans la revue le Stand Magazine une nouvelle intitulée "The adventure of Dancing men". Sherlock Holmes devait impérativement briser un code afin de sauver une jeune femme. Le code était un graffiti représentant des silhouettes d'hommes dansant avec des petits drapeaux. Il réussit grâce à une méthode de l'analyse fréquentielle. C'était relativement simple. Il s'agissait d'une substitution alphabétique : chaque personnage représentait une lettre.
— Bravo Franck ! Mais ce n'est pas tout ! Avez-vous eu le temps de tout analyser afin d'en sortir la clef de

l'énigme ?

— Impossible. C'est allé trop vite… Et puis, j'ai répondu sans erreurs. Vous me devez une réponse.

— Pas si vite ; ce serait trop facile. Vous devez impérativement me dire le message de ce cryptogramme animé. » Franck tenta, vainement, de repasser les mouvements dans sa tête… Mais, tout était allé si vite qu'il n'en avait pas saisi l'importance sur le moment.

« Je… Non… C'est trop flou… Je n'arrive pas à remettre dans l'ordre les différentes positions de chaque silhouette. Je….

— Tu tu tu tu !!! Pas de réponse, nouvelle épreuve ! » Franck se sentit tout à coup comme happé et transporté au-dessus du sol. Ses chaussures frottaient leur bout creusant de légers sillons dans la poussière. Il fut emmené dans une grande salle. Mais au fond, brillait toujours le nombre : 315 131.

Une femme, grande, les yeux couleur noisette et ses cheveux d'un brun d'ébène, l'attendait. Vêtue d'un pourpoint et de haut de chausses du 17e siècle, elle faisait voler dans sa main gauche une rapière qu'elle maniait avec une dextérité incroyable. Franck fut déposé.

Sans attendre, elle lui lança une autre rapière et se mit en garde. Il la regarda comme impuissant face à cette nouvelle menace. Il se tourna vers la forme de poire.

« Qu'est-ce que… »

Mais il ne put finir. Elle lança un assaut. Franck n'eut pas le temps ni la force de parer. Il sentit une douleur atroce dans son bras gauche. Il grimaça. Elle se remit en garde et tenta de lui asséner à nouveau un coup de lame du côté droit, mais, habitué au sport de combat, il l'esquiva en se jetant sur son bras blessé. Ce qui ne manqua pas de raviver

la douleur. Elle leva son arme et l'abattit sur sa tête. Il esquiva comme il put. Franck n'avait eu aucun entraînement en escrime. Il savait utiliser la plupart des armes modernes, mais ce genre-là lui était totalement inconnu.
Elle s'efforça, dans un cri, de lui donner le même coup que le dernier. Franck eut l'idée d'inverser sa parade et enroula l'épée de son adversaire pour lui faire épouser le sol. La poussière voleta autour des lames qui s'étaient embrassées dans un lien d'amour violent. Cependant, un coup violent à la tête le fit chavirer ; il vit, au travers des particules fines, l'attaquante reposer sa jambe. Il en déduisit qu'elle venait de lui donner un coup de botte dans la tête. Elle repassa à l'attaque. Il roula sur le côté puis se releva afin de lui faire face. Tierce, quarte, quarte inversée, sixte, prime, septime… Les passes d'armes étaient vives, directes, sans hésitation. Parfois, le plat de la lame atteignait une joue, une épaule. Parfois, c'était le fil de la lame qui frottait la peau.
Des gouttes de sang valsaient avec la sueur dans ce bal infernal.
Les assauts étaient si fulgurants que Franck tentait d'écarter les coups comme il pouvait. Mais elle était trop rapide et un trou dans le flanc le fit chanceler. Des perles d'un rouge rubis s'écrasèrent au sol, créant des esquisses florales. Il tomba, un genou à terre ; elle allait lui asséner le coup de grâce en visant le cœur, quand, dans un ultime effort, il roula au sol et se retrouvant derrière elle, lui transperça le dos de sa lame ensanglantée. Un cri strident rebondit de mur en mur, de cloison en cloison.
Elle s'affaissa.

Et se volatilisa.

Il se releva, non sans peine. Mais, curieusement, son bras et son flanc n'avaient plus aucune blessure, plus aucune trace d'une quelconque preuve de violence à son égard.

Il chercha tout de même quelques secondes autour de lui, toujours à l'affut d'un nouveau piège.

Chanvret regardait ce manège sans aucune expression.

« C'est la première fois !

— Quoi ?

— Qu'elle échoue. Curieux.

— Qu'est-ce que vous allez mettre sur mon chemin ? Des monstres, des créatures mythiques, des êtres assoiffés de sang ?

— Quelle imagination ! Non ! Votre ultime défi ! »

Franck s'approcha de lui et le prit par le col.

« J'en ai marre ! Marre ! Ras-le-bol de toutes ces conneries !

— Oh ! Quel vilain mot ! Grossier ! Sans saveur ! » Le policier s'arrêta net, le regardant droit dans les yeux. Ils étaient si proches qu'ils pouvaient sentir leur haleine se mélanger. Franck le poussa contre le mur. Son visage se tendit. Il se tourna vers les numéros 31513. Chanvret sourit.

« Ce n'est pas vrai… Ce n'est pas possible.

— Tout est possible ici, Franck.

— Mais tu es mort.

— Non, pas moi. »

— Franck regarda à nouveau le nombre.

« 315 131. C'est un cryptogramme !

— Exact !

— 3 = C, 15 = O, 13=M… Coma ! Je suis dans le coma ?! Mais comment ? »

La face de Chanvret devint visqueuse. Son visage s'étira, se rétrécit et se rida.

Franck le regarda, comme hébété.

« Toi ? Mais… Comment ?

— Oh ! Tout simplement, parce que je t'ai tué ! Franck ! »

Chapitre 7 : Des notes de musique.

« Farius ? Mais… tu as été exécuté. J'étais là lorsqu'ils ont planté l'aiguille dans ton cœur.
— Le crois-tu ? Ou étais-tu témoin d'un espoir ? L'espoir de me voir disparaitre. Tu pensais sans doute que ton petit coup de théâtre aurait annihilé tout esprit en moi, toute entreprise ? C'est mal me connaitre, mon enfant.
— Je ne suis pas votre…
— Enfant ? Non, j'en suis conscient. Et heureusement d'ailleurs. Mais pardon, j'imagine que tu veux savoir comment je puis être dans ton esprit, te faisant connaitre les tourments de l'enfer alors que tu es dans le coma. Et d'ailleurs, c'est vrai ! Comment t'es-tu retrouvé entre la vie et la mort ? Je vais te raconter. C'est très simple. Mais avant tout, j'aimerais ranimer en toi un souvenir. Une de tes premières expériences dans la police. Un génial compositeur avait trouvé le moyen d'endormir des employés de banque en créant des musiques reproduisant du bruit blanc. Sans haine ni violence, il vida les coffres de plusieurs villes. La police pataugeait quand, toi, Franck Alberty Djorak, simple policier en uniforme, tel un chevalier blanc, tu réussis le tour de force de remonter à la source et fis enfermer ledit compositeur… qui se trouvait être ton supérieur direct. Un flic musicien-cambrioleur… Ça ne s'invente pas ! Il avait pris comme nom : "le Faiseur de rêves". Cet homme a été, pendant quelques mois, mon colocataire dans la prison centrale dans laquelle je louais une cellule. Un homme charmant, au demeurant, qui se

faisait frapper assez souvent et serait mort sans mon intervention. Je savais qu'en le protégeant, il me servirait un jour. M'ayant conté son histoire, je me suis débrouillé pour trouver un enregistrement de cette musique. Quelques bouchons de cire dans les oreilles et le tour était joué. Par plaisir, et un peu par nécessité aussi, je brisai le cou du "Faiseur de rêves"... Enfin... Sortir de la prison fut un jeu d'enfant. J'avais l'impression d'être au royaume de la Belle au bois dormant. Tout le monde, à part deux prisonniers sourds et moi-même, était plongé dans un sommeil de plomb. Respirer l'air de la liberté fut un enchantement. Le temps de me laver, me changer et trouver une arme et j'étais chez toi. Une balle dans le bras, une dans le flanc et l'autre dans la jambe. Heureusement, l'artère fémorale ne fut pas touchée, sans cela tu aurais véritablement trépassé. Tu es tombé raide mort... enfin, c'est une façon de parler, devant ta belle et charmante...
— Héléna ! » Farius sourit de son sourire carnassier. Il jubilait de voir, à chaque mot prononcé, Franck se décomposer, devenir l'ombre de lui-même.
« Allons, allons, je ne lui ai rien fait. J'avais trop besoin d'elle pour investir ton cerveau. Ce coma dans lequel elle t'a plongé est un bienfait, une merveilleuse bénédiction pour ce que j'ai à faire.
— J'ai brûlé le carnet ! Et ce n'est pas un phénix renaissant de ses cendres.
— Tu as brûlé UN carnet ! Pas LE carnet. Tes propres mots, non ? Il serait parmi les chimères... Les Chimères !!! » Franck se souvint alors de s'être exprimé dans ces termes au sortir de la prison centrale.
« J'ai sans nul doute parlé un peu trop fort !
— Un peu trop, en effet. N'oublie pas que je suis resté

longtemps en prison centrale. Pas une de ces villes prisons où les meurtriers et les assassins de tous bords vaquent à leurs affaires ! Non, une prison à l'ancienne dans laquelle la promiscuité est du pain béni pour un homme comme moi. Car les secrets les plus honteux sont un jour ou l'autre utilisables. Et l'un des gardes, témoin de ton trop-plein de confiance, était justement un jouet entre mes mains. Il me divulgua tes mots et… C'est lui aussi qui me fit présent de l'enregistrement. Fantastique. Je l'ai remercié comme il se doit, naturellement, en lui retournant la tête.

— Je suppose que tu es dans la mienne afin de savoir où j'ai caché le fameux carnet rouge.

— Naturellement, j'ai tout de même cherché à Ecee-Abha dans la belle bibliothèque du manoir nain ; j'ai d'abord cru que tu l'avais mis près des "Chimères" de Gérard de Nerval. Dans les différentes sculptures ornant le manoir nain, sous le bronze de la copie de la Chimère d'Arezzo. Tout cela fut vain. Alors, bien évidemment, j'ai pensé qu'en faisant apparaitre tes peurs primaires, tes angoisses, tes défaillances, je t'amènerais à me montrer ou me dire la cache secrète. Je t'ai même donné de quoi cogiter avec ce mot "morgue". Je ne sais pas comment c'est venu, mais c'était bien vu puisque te voilà totalement dérouté ! » Franck ne répondit pas à cette énième bravade. « Ce que je ne comprends toujours pas c'est ce que viennent faire les "hommes dansants" dans ton histoire. C'était la nouvelle préférée de mon père… Je ne vois pas ce qu'elle… » Farius éclata de rire. Un rire à la fois grinçant et sonore. Un rire si puissant que Franck en ressentit une pression sur le torse. Une charge qui devint de plus en forte de plus en plus présente. Une décharge électrique dans tout le corps.

Quelques notes de musique… Le noir…

Il ouvrit les yeux. Héléna était juste devant son visage. Il grimaça et tenta de parler. En fond, Beethoven faisait entendre « La Bagatelle en la mineur. »

« Chut… Calme-toi, Franck ! Calme-toi ! Je t'ai ramené.

— Où est Farius ?

— Il est parti ! » Franck chercha autour de lui. Plus personne.

« J'avoue être un peu perdu…

— C'est une longue histoire. Mais, en deux mots, Farius, après t'avoir tiré dessus, épaulé de ses complices, t'a porté ici même. J'ai pu te soigner, mais j'ai dû te plonger dans un coma artificiel… et ils m'ont obligée à te brancher à ce fou dangereux, étant sous la menace de deux hommes. Je ne pouvais rien faire. Heureusement, Adila… »

Une très belle jeune femme, à la peau d'ébène, se pencha pour faire un petit coucou de la main. Beethoven accompagnait agréablement ces retrouvailles.

« Salut Franck !

— Salut Adila ! Mais comment ?

— Quelques heures après l'évasion de Farius, nous avons été prévenus par l'administration pénitentiaire… et nous avons lancé les recherches.

— Et, reprit Héléna, elle eut la présence d'esprit de venir dans le laboratoire. Se sentant cernés, les hommes de main m'ont chargé de réveiller Farius et ils ont réussi à s'enfuir.

— Enfin, pas totalement ! »

Adila arborant un magnifique sourire alors qu'Héléna s'affairait à débrancher le malheureux. « On a eu tout de même un des deux comparses. » Franck fit mine de se lever.

Héléna posa délicatement la main sur l'épaule et l'embrassa tendrement. « Pas tout de suite, héros des temps modernes ; tu es trop faible. » Avec un boîtier de télécommande, elle baissa la musique. Cette sonate de Beethoven, toute légère qu'elle fut, était omniprésente. Elle envahissait le lieu aux luminaires puissants.

Elle avait l'air d'assaillir la migraine de Franck déjà bien agressive et peu supportable. « Je sais où va se rendre Farius. Et il faut que je le stoppe maintenant. Adila, tu peux m'accompagner ?

— Suffit de demander. Je laisse mes hommes ici.

— Je viens aussi.

— Non, Héléna, je préfère que tu restes. Je te dirai pourquoi… mais crois-moi, pour le bien de tous, reste ici, dans ton laboratoire !

— N'oublie pas, mon amour, que tu as été dans le coma, qu'un psychopathe est entré dans ta tête et a dû t'en faire voir de toutes les couleurs. Tu es encore faible ! » Elle se dirigea vers un meuble vitré et prit une sorte de pistolet. Elle s'approcha de Franck et lui plaqua dans la jambe le bout de l'arme médicale. Elle appuya sur la détente. Il se crispa sur le moment et regarda Héléna d'un air surpris et un peu ailleurs. « C'est de l'adrénaline. Ça va te permettre de tenir. » Il opina au rythme de la sonate et se leva d'un bond en se débarrassant des derniers câbles le reliant au lit vide dans lequel avait séjourné quelques minutes ou quelques heures son ennemi juré. Et la musique s'arrêta net sur le bruit sourd d'une porte que l'on ferme.

Sur une route peu fréquentée et surtout dans un état de délabrement absolu, Franck et Adila roulaient à toute vitesse vers le manoir nain. Franck avait encore les notes de musique en son crâne. Ces notes omniprésentes et qui commençaient à l'agacer. De son côté, Adila demanda des renforts en donnant l'adresse d'Ecee-Abha.

« Tu sais comment il a réussi à s'enfuir ? » Adila le regarda et fit non de la tête.

« Tu te souviens de notre première enquête ? demanda-t-il.

— Comment l'oublier ? Un policier se servant d'une musique pour endormir des employés de banque et les dévaliser, c'est assez unique comme cas. Et comment ne pas se souvenir d'un simple policier en uniforme damant le pion à un flic chevronné et passer devant une détective au charme indiscutable ! »

Elle éclata de rire. Franck sourit. En effet, elle était sa sergente à l'époque et Franck, par ce coup d'éclat, s'était retrouvé propulsé à un grade supérieur.

« Tu as toujours été plus belle que moi, tu le sais bien. » Elle éclata de nouveau d'un de ses rires dont elle avait le secret.

« Eh bien, il a réussi à s'échapper grâce à l'invention du « faiseur de rêves ».

— Non ? J'arrive pas à y croire. Mais alors… Pourquoi va-t-on dans ton ancien manoir ?

— Tout d'abord, ce n'est pas le mien, mais celui de mon géniteur. Ensuite, pour deux raisons. Premièrement, parce que Farius a parlé de « morgue ». Et j'ai dans l'idée que tout ce qu'il a en tête est d'aller là où les morts reposent.

— C'est-à-dire ?

Ils arrivèrent au lieu-dit. Franck sortit de son véhicule en chantonnant bien malgré lui les premières notes de la sonate de Beethoven. Cinq voitures de patrouilles stationnaient et vingt policiers attendaient l'arrivée de nos protagonistes. Il s'efforça de ne plus penser à cette

partition sonore qui dominait presque sa raison.
 « Tu verras ! Mais… En fait, c'est moi qui lui ai suggéré ce mot-là… »
Adila ouvrit sa bouche, dans une totale incompréhension. Franck eut envie de rire.
« Je ne pige plus rien. Tu lui as suggéré le mot "morgue" et il te l'a dit comme si cela venait de lui-même… Il y a quelque chose qui m'échappe… Il ne dirigeait pas sa propre incursion mentale ?
— Si ! Cependant, nos deux esprits cohabitants et se trouvant entremêlés, je pouvais, moi aussi, le manipuler.
— Et c'était vrai ! Tu le manipulais ?
— Il avait raison sur un point ! Je m'efforçais de penser au mot "morgue".
— Pourquoi ?
— Plus tard, Adila.
— Et la seconde raison ? Tu as dit qu'il y avait deux raisons.
— Attends. »
Il donna l'ordre à dix hommes d'encercler le domaine et de se mettre en position de tir, car Farius était, pour cette fois, aidé d'hommes de main. Des échanges de coups de feu étaient à prévoir. Les policiers se mirent en position ; Franck sortit un trousseau de clefs afin d'ouvrir la porte principale dont il avait fait changer la serrure. Cependant, la porte était juste appuyée et le penne arraché. Il regarda Adila. Ils sortirent leur arme de concert. Mais avant d'entrer…
« La seconde raison est qu'il a compris, malheureusement, où se trouve le carnet rouge. »

Chapitre 8 : La raison du plus fort est souvent la meilleure.

Adila et Franck pénétrèrent le lieu, tendant leur arme vers des cibles invisibles ; il appuya sur l'interrupteur. Celui-ci libéra une lumière révélatrice. Ils avancèrent ainsi, suivis de dix policiers qui arpentaient les salles en criant « Tout est clair ! ». Franck ordonna à ses hommes de monter au premier étage afin de passer en revue chaque chambre. Ce qu'ils firent aussitôt.
Franck souffla un peu… Il n'avait plus en tête l'air immortalisé par le célèbre compositeur sourd. Il se demanda si cette trêve serait courte ou non. Mais il balaya ce questionnement afin de se concentrer sur l'essentiel.
Adila était déjà dans le salon-bibliothèque, là où, conservés par des peintures, d'illustres inconnus toisaient le lieu. Franck la rejoignit et montra du bout de son arme, la chauve-souris tournée et la trappe ouverte.
Il éclaira la torche dont le pistolet était muni. Adila fit de même.
Ils descendirent les marches lentement, prêts à riposter à toutes formes d'attaques.
Dans un silence presque religieux, ils posaient leurs pas avec attention et crispaient leur visage aux moindres sons rocailleux sous leurs chaussures.
Face à un trou béant, ils s'arrêtèrent.
Une échelle de corde s'engouffrait et s'effaçait dans le néant, quelques mètres plus bas.
Franck passa le premier, Adila restant en haut et pointant son arme vers les ténèbres. Arrivé en bas, il s'arma à nouveau et tira deux fois sur la corde. Elle rangea son

pistolet dans le holster à la hanche et commença sa descente.

Des échos de voix ricochaient sur les parois. Adila prit à droite et Franck se mit en quête de retrouver Farius en prenant par la gauche. Au bout de quelques minutes, totalement en apnée, il arriva près d'un léger tournant, contre lequel il s'appuya. Les voix étaient plus claires et plus précises.

« fouillez, bande d'ignares ! Je vous l'ai dit, c'est un carnet dont la couverture est rouge. Et il y a marqué "Whitechapel" dessus. Je vous rappelle que, si vous le trouvez, surtout, ne le touchez pas ! Vous venez me chercher. »

Les deux hommes de main s'éloignèrent en pointant leur torche vers un sol composé de plusieurs éléments fossilisés. Un bruit de biscottes écrasées résonnait dans cette cathédrale païenne.

Et c'est ce bruit qui le trahit. Voulant approcher le plus silencieusement possible l'ennemi public numéro 1, il ne fit que rompre cette solitude sonore et des coups de feu commencèrent à atteindre les murs. Les balles fusèrent, rayant au passage la paroi rocheuse. Les abeilles de feu sifflaient au-dessus de Franck qui s'était couché, ventre à terre, afin de les éviter.

Les hommes de main accoururent en faisant feu, épaulant leur chef.

Adila se retourna et rebroussa chemin en courant. Arrivée sur le lieu de cet échange de balles, elle mit un genou à terre, appuya sur la détente et ouvrit, à son tour, le feu. Ensemble, ils arrivèrent à abattre les deux complices, laissant Farius esseulé et sans aide. Mais, doté d'une vigueur hors du commun et ne voulant pas se rendre, il

gardait dans son viseur les deux policiers.
Franck se releva, suivi de sa coéquipière.
« Allons, Farius, c'est terminé ! Lâche ton arme.
— Tu plaisantes Franck ! Dis-moi… Qu'est-ce qui m'a trahi ?
— Ton rire lorsque j'ai parlé des hommes dansants. La connexion s'est arrêtée rapidement, mais j'ai compris qu'ayant cité mon père, je m'étais laissé aller à divulguer l'emplacement où j'avais jeté le carnet.
— Eh oui ! La chimère !
— Vous pouvez m'expliquer ? Alors, jeune fille des îles aux yeux merveilleusement souriants, répondit Farius, une chimère en paléontologie est un fossile composé de plusieurs espèces… Soit par erreur, soit par volonté humaine.
— Et ce lieu est l'endroit où est tombé mon père. Mais ses ossements et ceux de plusieurs variétés d'animaux au fil du temps se sont mélangés. Et cela m'a tout de suite fait penser à ces chimères présentées dans les musées.
— Mais, Farius, s'imposa Adila, vous ne l'avez pas trouvé, le bouquin, donc… vous avez perdu sur toute la ligne.
— Pas tout à fait, ma petite ! Pas tout à fait. » Il baissa son arme et la posa à terre en tendant l'autre main en signe de paix.
« J'ai encore quelques cartes à jouer.
– « Les hommes dansants » ?
— Tout à fait.
Adila les regarda alternativement. Franck voulut mettre fin à son désarroi.
« Adila, pendant que j'étais sous son emprise, j'ai été

spectateur d'un étrange show ! » Franck expliqua en deux mots ce qu'il en était.

Quelques minutes s'étaient écoulées, ils étaient tous dans le salon. La trappe était refermée. Franck s'approcha de Farius.

« Tu as failli gagner, mais…

— N'oublie pas, Franck, je n'ai pas encore perdu. Tu as toujours deux énigmes sur les bras : les hommes dansants et le fameux mot "morgue".

— Pour ce dernier, je te rassure, il ne vient pas de toi, mais… de moi. » Le vieil homme devint tout à coup presque livide. « Tu pensais certainement me troubler, me contrarier, m'obliger à réfléchir… mais en fait, je te mettais simplement sur la piste du carnet sans que tu le saches. Tu avais deux mots clefs importants : Chimères et morgue.

— Je ne vois pas… »

Adila s'assit sur le bras d'un fauteuil, les sourcils froncés.

Les autres policiers, tout en gardant un œil sur le forçat évadé, observaient Franck avec attention.

« C'est évident. Mon père, comme tu le sais, avait cette certitude que tous les romans du 19e siècle partaient d'un constat véridique. En 1880, à Paris, un docteur en médecine britannique changea son nom en empruntant celui du peintre célèbre Gustave Moreau. Il devint donc le Dr Moreau. Et cet homme, au demeurant totalement cinglé, était fasciné par une des peintures… qui l'incita à faire des expériences de greffes entre humains et animaux. Une boucherie… Une véritable boucherie… Il disparut un jour en mer et on ne sait pas réellement ce qu'il est advenu de lui… Herbert Georges Wells en tira son fameux roman

"L'île du Dr Moreau". Et le nom de cette peinture qui le fit basculer dans la folie était…
— "La Chimère" de Gustave Moreau »
Farius baissa la tête dans un premier temps… puis la releva rapidement et la tourna dans tous les sens.
« Tu cherches sans doute le tableau… Oh ! Mais non, cela aurait été trop facile. Réfléchis… »
Farius le regarda intensément, comme s'il pouvait piocher dans la cervelle de Franck. Puis, une lumière jaillit dans ses yeux.
« Ça y est… Tu as compris !
— Le carnet est à la place du roman de Wells. Tu as eu le toupet de mettre ma bible dans la couverture de "L'île du Dr Moreau" ! »
Franck se déplaça, tira le livre en question et l'envoya dans les mains du prisonnier. Tout en tremblant, il l'ouvrit et tourna feuille après feuille sans y trouver son Graal. Franck sourit. Adila et les autres policiers le regardèrent dans une totale incompréhension. « Non… Pas dans celui-là ! Mais dans celui-ci »
Il prit délicatement un des bouquins reliés et fit lire la tranche à Farius dont le corps se vidait de toute substance.
« Le Dr Moreau était persuadé que l'on pouvait humaniser le monde animal, le rendre plus intelligent, plus sensible, plus capable de raison tout en conservant la rapidité et la capacité d'adaptation des bêtes dites sauvages. Et ce qui l'a incité à aller dans cette démarche… Eh bien… C'était cette nouvelle que son père lui lisait étant enfant… Cette incroyable histoire policière dans laquelle un gorille en liberté à Paris commet des actes effroyables. »
Adila se pencha un peu et lut à haute voix.
« Edgard Alan Poe. "Le double assassinat dans la rue

Morgue" ».

Farius poussa un soupir presque touchant. Le mot « Morgue » résonnait dans sa tête comme le son d'un carillon aux fréquences continues. Un des hommes du groupe d'intervention mit la main sur son épaule pour l'embarquer. Mais Franck, contre toute attente, s'interposa.

« Ça va Franck, tu as gagné. Je repars en prison.

— Je voulais simplement te demander… Quand tu as failli être exécuté… Tu m'as parlé… Tu m'as dit quelque chose à l'oreille.

— Ah ! Parce que tu as cru que c'était réel ? Fiston, ça faisait partie de ma mise en scène. Quand j'ai forcé ta chère blondinette à me propulser dans ton esprit, il a fallu que je commence par quelque chose. Et cette chose-là… C'était mon premier pion avancé sur l'échiquier.

— Tout était faux alors ? …

— Tout ! Et tu as tout gobé ! Quel bonheur de te voir croupir dans la fange, sentant l'urine et la peur ! Savais-tu que la sueur de la frayeur a une odeur très particulière ? Moins sucrée, plus acide.

— Farius… Dans ta manipulation mentale, tu m'as glissé au creux de l'oreille une phrase qui me hante depuis.

— Tout n'était que "mise en scène", je te dis.

— En fait… Pas vraiment tout… » Franck s'avança vers Adila, la regarda et se retourna vers son adversaire de jeu. « Tu m'as dit alors, "Elle est toujours en vie, mais plus pour longtemps".

— Tellement facile de te faire accroire ces choses-là, Franck. Tu te sens l'âme noble d'un chevalier. C'était tellement jouissif de te lancer dans une quête aussi fausse qu'inutile. »

Il se mit à rire. Mais Franck ne riait pas. Il le toisa et changea de couleur. D'un pâle de vaincu, il passa à la flamme de la fureur.
« Tu te crois drôle ?
— Chacun son tour, fiston.
— Je ne suis pas votre fiston.
— Bah ! Quand même un peu… » Franck prit un moment à l'observer.
« Farius !
— Oui, FISTON !
— Tu te souviens de ce nombre 315131 ?
— Oui, c'était un coup de génie de ma part. Savoir que tu étais dans le coma et te le signaler comme cela… Sans que tu ne comprennes rien…
— C'est toi qui ne saisis pas, Farius. Ce n'était pas moi, le comateux. »
Farius transforma son sourire vainqueur en un rictus. Il s'approcha de Franck. Le policier, le retenant par l'épaule, le contraint à rester sur place. C'est Franck qui se décala et lui fit face.
« Reprenons depuis le début ! On t'a exécuté, mais avant cet acte libérateur pour le monde, tu m'as dit que l'une des jeunes filles enlevées était toujours en vie… mais pas pour longtemps. Ensuite, on t'a envoyé tous les produits toxiques, mais… On ne sait pas pourquoi… Tu n'es pas mort. Ton cœur battait toujours et tes fonctions cérébrales étaient intactes. Alors, avec le consentement de la justice, on t'a plongé dans un coma artificiel et j'ai à nouveau pris possession de ton esprit tordu. Naturellement, tu réagissais. J'étais ton marionnettiste, mais, tel un Pinocchio libéré de quelques fils, de temps en temps, c'était toi qui construisais l'histoire ; comme "le bal des

hommes dansants" par exemple. Ou l'escrimeuse…
Cependant, pour que tu puisses croire tout ça, il fallait un appât ! Mais un bon… Et le meilleur, pour moi, et c'était une évidence, le meilleur appât ne pouvait être que le carnet rouge du Dr Jekyll. » Tout le monde écoutait attentivement ; on aurait dit des enfants devant la vitrine de bonbons.

« Tu séquestres en ce moment une jeune femme. Je veux savoir où ! » Farius prit le temps de la réflexion. Puis, fit de nouveau face au détective-inspecteur. Il allait parler quand il se ravisa. Il fixa de son regard perçant le tableau de la jeune fille blonde.

« À l'aune de la connaissance de l'art pictural, la face cachée est la vérité. Tout le reste n'est que silence ! »
Franck baissa la tête. Et tout en la relevant, il cria :
« Héléna, ramène-moi ! J'ai compris. »
Et tout s'évapora comme dans un rêve.
Des particules s'élevèrent dans les airs comme aspirées par le ciel.
Les tableaux s'effacèrent les uns après les autres.
Les fenêtres s'affaissèrent sans bruit et sans poussière.
Une grande clarté…

Chapitre 9 : Questionnements.

La forte luminosité des néons l'aveugla. Il mit spontanément une main en écran. Il se souleva sur son coude. Quelque chose le gênait dans ses mouvements. Il était emmêlé dans les câbles le reliant à Farius. Héléna lui tenait l'autre main. « Doucement ! » Il haletait comme s'il avait couru un « cent mètres » sans s'arrêter. « Ça va, Franck ? » Il hocha la tête. Des personnes entouraient le lit. « Il a parlé ? » Un homme de forte corpulence s'imposa de sa voix puissante et grave.
« Oui, Monsieur le Juge.
— Franck, comment tu te sens ?
— J'ai soif. »
Un assistant lui apporta un verre d'eau.
« Merci. On n'a pas beaucoup de temps. »
Il tenta de poser un pied au sol, mais sa tête tournant dans tous les sens ne put suivre et il s'étala tout du long, par terre. Tout le monde se rua pour l'aider.
« Je t'avais dit que cette incursion mentale à tiroirs était dangereuse. Surtout après l'avoir plongé dans un coma artificiel.
— Oui, mais il fallait bien ça pour pousser Farius à passer aux aveux. »
Une grande femme rousse s'approcha. Ses talons aiguilles raisonnaient dans la salle. Elle se mit devant le juge. Franck la reconnut tout de suite.
« Madame la Gouverneuse, vous étiez là ?
— Depuis le début. Je ne voulais pas laisser cette responsabilité à un juge… N'y voyez aucune offense, Klébert !
— Du tout, Madame la Gouverneuse. »

Franck mesurait pertinemment le fait que tout n'était qu'un jeu politique. Klébert se présentant aux prochaines élections gouvernementales, il savait que, là aussi, tout n'était que faux semblants.

« Donc, avez-vous appris quelque chose ?

— Oui, Madame. Mais certains éléments restent encore très flous. »

Il but quelques gorgées alors qu'Héléna et ses collègues le libéraient de ses câbles.

« Voilà déjà ce que je sais ou que j'ai compris. Avant de se faire arrêter, Farius a enlevé une jeune femme qu'il tient quelque part dans un lieu caché. Je suppose qu'elle doit être dans un confinement hermétique avec un taux d'oxygène minuté. Il a dû aussi lui laisser de la nourriture et de l'eau.

— Pourquoi pensez-vous cela ? demanda de sa voix caverneuse le juge Klébert.

— Parce que son intérêt n'est pas de la faire mourir tout de suite. Sinon, il l'aurait assassinée comme les autres.

— Mais pourquoi la garder en vie ? » Cette fois, ce fut la Gouverneuse qui posa la question, devançant son adversaire.

« Madame, avec tout le respect que je vous dois, vous ne devez pas jouer souvent aux échecs. Farius avait déjà des coups d'avance. Ou tout au moins, il avait anticipé son exécution. Ce que j'ignore, en revanche, c'est pourquoi il a attendu le dernier moment avant de me le dire. Cela n'a pas de sens. Il savait qu'il pouvait mourir. » Il regarda Farius sur la couchette, sanglé de pied en cap. Deux hommes de l'hôpital Central des Détenus, dont l'un certainement d'âge mûr et l'autre plus jeune, étaient sur le point de l'embarquer sur son lit roulant.

« Il va se réveiller très lentement. Je lui ai administré ce qu'il faut. Dans une petite demi-heure, vous lui injectez cette dose d'adrénaline. On essaiera de comprendre pourquoi il a survécu à son exécution ; pour le moment, vous pouvez l'emmener. »
La voix d'Héléna était pleine d'assurance. Aucune hésitation dans son propos et dans ses ordres. On sentait parfaitement la responsable d'un service dont l'importance dépassait largement l'idée que chacun pouvait s'en faire. Les deux infirmiers franchirent la porte, disant un timide « au revoir ».
« Qu'une patrouille les suive de près ; on ne sait jamais. »
Sur ces mots, Franck crispa sa main sur l'avant-bras d'Héléna. « Tu ne veux pas te reposer, mon amour ? » Elle lui passa sa main dans les cheveux. Elle était sincèrement et profondément amoureuse de Franck, qui le lui rendait bien. Il était tout transpirant, mais cela ne l'arrêta pas. Il la regarda en souriant.
« Héléna, c'est une question de temps qui joue contre nous.
— Dites-nous ce que vous savez. lui invectiva le juge Klébert.
— Bien… Mais pour cela, on va devoir aller chez moi, au manoir nain. »
Moins d'une heure s'était écoulée. Héléna et Franck claquèrent leur portière quasiment en même temps. Ils se regardèrent quelques secondes. Franck, qui était côté passager, s'appuya contre le véhicule. Il mit ses mains sur ses genoux et se pencha, comme soudainement pris d'un vertige.
« Franck, ça va ? »
Héléna s'approcha rapidement de lui. Elle mit sa main sur

le haut de son dos. Il releva la tête.
« Je te demande une minute et on pourra entrer. » Elle approuva.
« Tu aurais dû te reposer un peu avant de continuer…
— Le temps nous est compté, Héléna.
— Je sais ! Mais tu n'aboutiras à rien si tu te laisses submerger par la fatigue.
— Je ne suis pas fatigué. Je suis simplement étourdi. »
Dans un nuage de poussière, des voitures officielles se profilèrent à vitesse élevée.
« Ils arrivent. Faut qu'on entre ! »
Franck se redressa et prit un trousseau de clefs. Devant la porte, Héléna passa tendrement sa main sur la base de sa nuque et avant qu'il ait eu le temps de tourner la clef dans son ultime rotation, elle lui donna un baiser si long et si aimant que le rouge lui monta aux joues, permettant enfin à des couleurs de naitre sur son visage tendu par l'inquiétude.
Il la regarda avec un sourire candide et franc.
Puis poussa la porte.
Les charnières jouèrent leur musique grinçante.
L'ouverture les avala.

Ils se retrouvèrent tous, les uns assis sur des fauteuils, les autres debout ou installés sur des chaises. Franck faisait les cent pas.
Il était bouillonnant et le visage cramoisi.
« Donc… Farius m'a dit "À l'aune de la connaissance de l'art pictural, la face cachée est la vérité. Tout le reste n'est que silence !" Et il était ici. Juste là ! Et ce n'est pas pour rien. Lors de ma toute première incursion mentale,

tous les tableaux que vous voyez — là étaient laminés de petits coups de ciseaux, ôtant les yeux des personnages, créant une atmosphère angoissante. On sait depuis que c'était en rapport avec les yeux qu'il ôtait à ses victimes. Tous les tableaux, sauf celui-ci. » Il pointa du doigt, le portrait de la jeune fille. « Et je crois savoir pourquoi. Tout au long de mon dernier voyage dans sa tête, il n'a eu de cesse de me contraindre à résoudre des énigmes. Je pensais que cela allait se passer comme ça, mais j'ignorais à quel point il allait me mettre au défi. Il y en a quatre, en tout, dont j'ignore le pourquoi. J'ai dû me battre en duel contre une femme… Une femme que je n'ai jamais rencontrée. Il y a le bal des hommes dansants, figures tirées d'un roman de Doyle, le "faiseur de rêves" et enfin Adila !

— Adila ? demanda Héléna, surprise.

— Oui, je ne sais pas pourquoi elle était dans ce scénario. Je ne l'avais pas prévue, ne l'ayant pas revue depuis des mois ! OK… il connaissait ma toute première enquête que j'ai menée avec elle. Mais pourquoi me la mettre en coéquipière ? Pourquoi l'ajouter sur l'échiquier ?

— Et si on reprenait tout point par point ! » demanda la Gouverneuse.

Franck se frotta nerveusement la tête. Il alla de la bibliothèque au tableau et du tableau à la bibliothèque. « Les notes de musique… » Tout le monde se questionna du regard. « Dans mon soi-disant retour, tu écoutais "La bagatelle en La Mineur".

— Je ne sais pas ce que c'est, répondit Héléna.

— C'est de Beethoven, mais elle est beaucoup plus connue sous le titre de "La lettre à Élise".

— Et ?

— Et... »

Il cessa brutalement. Fonça parmi les livres. Pianota fébrilement sur les tranches des couvertures pour s'arrêter net sur l'une de la superbe collection de son père. « Les hommes dansants ». Il l'ouvrit et tourna frénétiquement les pages pour enfin tomber sur... « C'est cela ! La danse que j'ai vue ne voulait rien dire... Ils allaient trop vite. Je n'aurais jamais pu analyser chaque détail, mais... Dans la nouvelle de Doyle, le code était destiné à une femme dont le prénom était Elsie... L'anagramme d'Élise ! Oui !!! »
Il ferma d'un coup sec le livre, le donna à un policier en lui demandant de le remettre dans la bibliothèque. Ce qu'il fit. Franck le remercia de la main puis, tout à coup, s'appuya contre le dossier d'un des canapés. Un vertige impromptu... quelque chose d'inhabituel... Il ne put ou sut dire quoi ! Comme un sentiment de déjà-vu. Ses pupilles en étaient légèrement dilatées. Héléna s'approcha et posa sa main amoureusement sur son avant-bras. Franck sentit cette douceur. Il la regarda et lui fit un sourire amer. Il se ressaisit et se déplaça et prit le tableau de la jeune fille blonde entre ses mains. Il l'installa face à une fenêtre, comme pour mieux l'éclairer ou, tout au moins, lui donner un éclairage nouveau.
Héléna le suivit. Ils étaient tous deux à la recherche de quelque chose.
« Ce tableau est chez toi depuis longtemps ?
— En fait, je ne sais pas. Je ne me souviens pas s'il était déjà là quand j'étais petit... "Tout le reste n'est que silence"... »
Brusquement, il tendit ses bras et cria : « Voilà... C'est ça ! »
Derrière, la jeune fille blonde aux yeux bleus, au loin,

gisait un cimetière. Et au beau milieu, une plaque tombale au nom gravé Elsie Sophia Djorak.

« Quelqu'un de ta famille ?...

— Peut-être... Tu sais que, malgré mes propres recherches, je n'ai malheureusement pas pu remonter bien loin dans l'histoire de ma famille. Madame la Gouverneuse, savez-vous si ce cimetière est dans les environs ? »

Elle regarda avec beaucoup d'attention le tableau.

« Il me semble reconnaître le cimetière fédéral de KopfHart qui se trouve à une dizaine de kilomètres.

— Très bien, j'y vais. Mais avant, demandez à la police de distribuer des photos du tableau à la recherche de cette jeune fille. Je suis certain que c'est la dernière victime de Farius. Effectuez aussi des recherches sur ma famille... Laissez quatre hommes des "Interventions Spéciales" ici... et... Héléna, tu veux venir avec moi ?

— Quelle question ! »

Il y eut alors un mouvement de masse. Certains partirent, d'autres donnèrent des ordres et d'autres encore restèrent, vérifiant leur arme.

Ils sortirent tous deux en courant. Et la voiture démarra aussitôt.

Chapitre 10 : Course contre la montre.

Il pilotait son véhicule comme si un feu dévastateur dévorait la chaussée par l'arrière. Dans un virage un peu serré, il freina sec et ils se retrouvèrent contre un arbre. Heureusement, le choc ne fut pas violent.
« Franck, arrête… Je vais conduire et on pourra passer en revue sans angoisse les autres éléments de l'affaire.
— OK ! Merci Héléna. »
Depuis l'ultime et guerre et la grande dépression, les routes étaient souvent dans un piteux état. Les gouvernements successifs n'ayant pris en compte le niveau de délabrement du service routier que très tard. Les accidents dus à la vitesse et à une mauvaise appréciation du sol étaient plus que fréquents. Héléna, après avoir manœuvré, repartit dans un élan modéré.
« Va falloir faire fissa !
— Je sais, mon chéri, mais si tu veux que l'on se tue, qui va élucider cette histoire totalement folle ?
— Tu as raison. Heureusement que tu es une scientifique…
— Exactement ! Alors, tu as résolu le problème du bal et des notes de musique, du tableau et du nom. Mais… Et je t'assure que je ne suis pas jalouse du tout, mais… pourquoi Adila ?
— Je ne sais pas. Qu'elle fût dans mon voyage n'était pas de mon fait… Cela ne pouvait donc venir que de Farius… Attends ! » Il effleura son oreillette. Il prononça le nom de M'Koumbé. Quelques secondes d'attente… « Ça sonne. Adila ? Salut, c'est Franck !
— Salut Franck ! Comment vas-tu ? » On entendait distinctement la voix enjouée de la détective-inspectrice

Adila M'Koumbé.

— Pas mal, pas mal du tout ! Dis-moi, tu te souviens de notre première affaire ?

– « Le Faiseur de rêves » bien sûr ! Pourquoi ?

— Est-ce que tu sais si notre ancien chef est toujours en prison ?

— Quoi ? Tu ne sais pas ?

— Non… Qu'est-ce que je ne sais pas ?

— Il est mort… il y a quelques jours déjà.

— Comment il est mort ?

– On lui a littéralement retourné la tête. »

Franck se souvint alors de la manière décrite, durant son voyage cérébral, par Farius de la mort du « Faiseur de rêves ».

« On a eu le tueur ?

— Oui, c'est un type avec qui il aimait jouer aux échecs.

— Son nom ? Tu l'as ?

— Bien sûr, je suis sur l'enquête »

Héléna s'efforçait de garder le contrôle du véhicule malgré les cassis et les dos d'âne de la route.

« C'est Frédéric Zinger !

— Mais… Je connais ce nom…

— D'où tu le connais ?

— C'était un des deux complices de Farius. Ceux qui ont assassiné ma mère pendant l'ultime guerre. Je les ai fait arrêter juste avant la condamnation à mort de Farius.

— Ça alors…

— Tu sais où on l'a inhumé ?

— Attends… »

Franck tapotait nerveusement son genou avec le doigt. Héléna, tout en maintenant le véhicule sur une trajectoire assez correcte, mit sa main en signe d'apaisement.

« Le cimetière Fédéral de KopfHart.
— Par exemple… C'est là où on va… Merci Adila.
— Je t'en prie.
— Attends, Adila… Peux-tu aller à la Centrale et poser deux questions à Zinger ?
— Sans problème. J'allais justement partir pour l'interroger à nouveau.
— Je te les envoie par messages. Ah ! Et puis… J'ai un service à te demander. S'il te plait, observe-le bien en écoutant ses réponses.
— Bien sûr… J'ai été à bonne école. Faudrait qu'on se revoie un de ces jours. »
Héléna le regarda avec un petit sourire pincé qui voulait tout dire. Franck, pour la première fois depuis des heures, eut, lui-même, un semblant de sourire.
« OK ! On fera ça ! Je te présenterai ma future femme.
— Quoi ? Ouah ! Franck Alberty Djorak va se marier.
— C'est bon ! C'est bon ! Je t'embrasse et à très vite ! »
Et il raccrocha sur le rire éclatant d'Adila.
Il était en plein questionnement.
Pourquoi Farius l'a-t-il mis sur la voie d'Adila en la plaçant dans son voyage ? Et quel rapport avec le « Faiseur de rêves » ?
Il laissa de côté ses interrogations et envoya son message à son ex-coéquipière. Puis, il passa quelques coups de fil au Service Mortuaire et demanda quatre hommes pour l'aider dans ses recherches. Il contacta aussi la police de la ville de KopfHart.
Héléna braqua soudainement le volant. Ils approchaient de leur destination.

Arrivés sur les lieux, ils bondirent hors de la voiture et arrivèrent en courant devant le portail du cimetière. C'était un lieu étrange dans lequel se mêlaient des tombes à l'ancienne, mais aussi des immeubles entiers de tiroirs. Durant la guerre, des hommes et des femmes furent gazés. Il fut interdit par loi fédérale de les enterrer à même le sol par risque de contamination et même de les incinérer. En effet, à cause des gaz inhalés, les corps implosaient et réduisaient en cendres tout ce qui était autour. On les plaça donc dans ces blocs sans âme.
La police et les services mortuaires de la ville étaient déjà sur les lieux.
« Bonjour, détective-inspecteur Djorak ! Vous avez le plan nominatif du cimetière ? » Les fossoyeurs éclatèrent de rire. « Vous plaisantez, n'est-ce pas ? Comment voulez-vous avoir ça ici ? Va falloir chercher à vue, mon vieux ». Le mot vieux avait du mal à passer. Franck était dans un tel état de nervosité et de stress, qu'il faillit envoyer son poing sur le nez en forme de patate du travailleur. Il se retint avec l'aide d'Héléna qui, lui prenant la main en douce, fit retomber la pression en un seul toucher. C'est elle qui rompit le froid jeté. « Très bien. Nous cherchons la pierre tombale d'Elsie Sophia Djorak. C'est urgent. La vie d'une très jeune fille en dépend. » Tout le monde se dispersa sauf un jeune policier qui s'avança vers Franck. « Détective-inspecteur Djorak, puis-je entreprendre ces recherches avec vous ? Ce serait un honneur.

— Bien sûr, officier. Mais arrêtez s'il vous plait de me traiter comme si j'étais un héros.

— Vous n'êtes pas un héros pour nous, Monsieur. Vous êtes une légende vivante. »
Héléna sourit. Franck le regarda passer devant eux.

« Il me semble vous connaitre, officier.
— On a dû se croiser deux ou trois fois. »
Répondit le jeune policier tout en conservant son rythme de marche, plus soutenu que celui de Franck et Héléna. Ils se mirent en quête. Les groupes s'étant séparés à la manière d'une étoile de David, le cimetière fut, malgré son immensité, assez bien cerné. Les caveaux, les pierres tombales et même les simples tas de terre recouvrant certainement un père, une mère, une femme, un mari, un enfant ou un ami, étaient dans un état lamentable. L'administration ayant abandonné tout effort à garder intact ce lieu de souvenirs. Seuls les immeubles étaient plus ou moins pris en charge. Des dizaines et des dizaines de noms, de dates et de mots tendres et doux défilèrent sous le regard attentif de nos chercheurs.
Le ciel était turquoise avec de beaux nuages d'une blancheur immaculée. Un silence pesant, presque assourdissant, régnait en maître. Tout à coup, un hurlement le rompit. Franck et Héléna se retournèrent vivement. Le jeune bleu était quelques mètres plus loin et n'avait pas l'air de l'avoir entendu.
« Par ici ! » cria la voix.
— Où êtes-vous ? gueula Franck.
— Au nord-est. Répondit la voix.
Des personnes, venues se recueillir, furent choquées par tant d'indécence et d'irrespect. Mais, le temps n'était pas aux excuses. Franck débula. Il s'arrêta net devant la tombe, Héléna juste derrière lui.
« Mettez-vous au travail ! »
Un des fossoyeurs fit remarquer que la terre avait été remuée depuis peu. Franck se contenta d'approuver de la tête. Les hommes, foulard sur le visage, commencèrent à

creuser. Héléna tenait fermement le bras de celui qu'elle aimait avec une tendresse infinie. Elle sentait son pouls battre à une vitesse inhabituelle. Elle le regarda avec une certaine forme d'inquiétude.

En quelques minutes, le cercueil apparut.

« Quelqu'un l'a ouvert, y a pas longtemps ! » expliqua un autre fossoyeur.

À la force des bras, ils le remontèrent. Ils l'ouvrirent et… rien… Juste des restes d'un squelette. Franck investigua l'intérieur. Absolument rien ! Il se releva… Fit quelques pas… Il était dubitatif. Pourquoi nous mettre sur la piste d'Elsie ? Il se retourna, se mit à genoux dans un premier temps. Deux questions le taraudaient. Est-ce que les fragments d'os et de cendres étaient ceux de son aïeule ? Et où est la jeune fille disparue ? Il s'efforçait à donner la priorité à cette seconde question. Un des policiers s'approcha de lui. « Que voulez-vous faire, détective-inspecteur ? » Franck, les yeux embués d'émotions diverses, tourna la tête vers lui. Puis la redescendit. On aurait dit un fou cherchant sa trajectoire. Son attention totalement rivée au cercueil, son visage changea de couleur. Ses yeux s'écarquillèrent.

« Il est trop haut !

— Comment ? demanda le policier.

— Le cercueil… »

Il ne finit pas sa phrase. Il se leva d'un bond et bondit vers l'ouverture de la boîte. Il prit les os et les balança par terre.

« Aidez-moi ! » cria-t-il ! Tout le monde se regarda, ne sachant que faire. « Aidez-moi, bon sang ! ».

Les fossoyeurs s'approchèrent avec prudence. C'était la première fois qu'ils voyaient ça.

« Mais Monsieur, c'est une profanation que vous venez de faire ! » Franck s'en moquait. Il en paierait les conséquences plus tard. Ce n'était pas un homme à balayer de la main ses responsabilités et les actes qu'il a ou aurait pu commettre.
« Je prends tout sur moi, compris ! Videz-le totalement. »
Ce qu'ils firent avec beaucoup plus de lenteur et de cérémonial que sa manière fougueuse et déterminée.
En peu de temps, ce qui fut la dernière demeure de la défunte devint une boîte vide. Tous se rapprochèrent en faisant attention aux différents petits tas de cendres et d'os jonchant le sol. Héléna se plaça derrière Franck et le regarda faire. Il passait sa main sur le fond du cercueil, le caressant comme une amoureuse. Il y avait quelque chose de tendre et de fascinant dans sa manière de faire glisser ses doigts sur le bois.
« Les restes de cette personne ont plus de cinquante ans. Mais observez bien le bois de ce cercueil. Il est intact. Ce n'est pas l'original. Il a été changé… Et il y a peu ! »
Et disant cela, il apposa l'index sur un tout petit loquet se trouvant à la frontière du fond et d'une des parois. Le mécanisme permit une légère ouverture. Frank, sans prendre de mesures, ouvrit cette porte horizontale mettant au monde un double fond. Tous se penchèrent, oubliant les aprioris qu'ils pouvaient avoir.
Franck fronça les sourcils. Héléna lui posa la main sur l'épaule.
« Mais ce n'est pas…
— Non !
— Qui est-ce ?
— C'est mon ancien patron. C'est le "Faiseur de rêves".

Chapitre 11 : Questions-réponses.

Adila entra dans la salle d'interrogatoire de la prison centrale. Elle resta seule quelques minutes, remettant en tête tout ce qu'elle devait savoir du détenu qui avait, on ne sait pourquoi, tué "le Faiseur de rêves". Un bruit bien reconnaissable de charnières de fer grinçant sur elles-mêmes agressa son ouïe.
Un homme de très haute taille, jambes et bras enchaînés, suivi de trois molosses aux uniformes gris, entra et s'assit, de force, avant d'être entravé et ancré au sol. Les gardiens firent un petit signe à la détective.
"Si vous avez besoin, vous avez un bouton sous la table. Vous appuyez et on débarque." Adila les remercia de son plus beau sourire, ce qui ne manqua pas de leur plaire et les émoustiller.
La porte se refermant, elle s'assit en face du prisonnier. Il portait bien sa soixantaine d'années. Musclé, le visage émacié, mais non dénué d'un certain charme, les yeux d'un vert saisissant.
"Monsieur Zinger, je vous remercie de bien vouloir répondre à quelques questions.
— C'est Sergent Zinger, pour toi, ma belle.
— Alors, ce sera détective-inspectrice, pour toi, mon grand !"
Elle le regarda fixement. Il fit de même avec une assurance qui aurait pu désarmer une personne lambda, mais qui n'avait pas la même résonance auprès d'Adila M'Koumbé. Sa détermination, elle la tenait de son vécu, de son passé. Durant l'Ultime Guerre, l'Afrique, avant d'être partagée comme un gâteau à la fin des hostilités par

les trois grandes puissances mondiales, América, Européa et Asiatica, fut le théâtre d'actes odieux : tortures, exécutions sommaires, génocides. Ses parents réussirent le tour de force de fuir et de s'installer dans l'ancienne Allemagne. Son père prit les armes contre les opposants aux libertés individuelles et se mit du côté du Gouverneur de l'époque. Il y mourut lors d'une bataille décisive, mais il avait légué à sa progéniture un sens du devoir, de l'éthique et de la droiture sans failles. Une énergie et un positivisme sans écueils. Une force morale sans défauts. Elle était loin d'être parfaite, mais quiconque croisait sa route voyait la sienne différemment, d'un nouveau point de vue. Héléna avait quelques motifs d'être jalouse, car outre le fait qu'Adila fut une remarquable policière, elle était dotée aussi d'un physique sportif et d'un intellect puissant.

"Donc, Sergent Zinger, il y a trois jours, vous avez assassiné, sans raison connue, Matteo Gallo.

— Il s'appelait comme ça ? Nous, on le connaissait sous le pseudo 'Faiseur de rêves'.

— Oui, c'était son nom.

— Un de l'ancienne Italie, je suppose ?

— Vous supposez bien. Mais si vous permettez, Sergent Zinger, c'est moi qui pose les questions. N'inversons pas les rôles, voulez-vous ?

— Mais avec plaisir, détective-inspectrice.

— Pourquoi ?

— Pourquoi… je l'ai tué ? Parce que c'était un ancien flic… Et que je n'aime pas les flics.

— Mais, vous jouiez aux échecs avec lui, non ? Pourquoi avoir attendu presque une semaine avant de passer à l'acte ?

— Je jouais avec lui parce que c'était le seul à connaitre un tant soit peu les règles des échecs. Mais quand j'ai su que c'était un policier… et un gradé en plus… J'ai voulu me le faire."

Adila hocha la tête.

"J'ai quelques questions à vous poser.

— Je vous écoute, détective-inspectrice.

— Farius, Fergusson et vous étiez soldats durant l'ultime guerre. On vous attribue maintes exactions commises avec la complicité de vos alter ego.

— Mes coreligionnaires ! Et non, ce n'étaient pas des exactions, mais des actes de guerre.

— Brûler vifs des bébés, éventrer des femmes et décapiter des vieillards dans leur lit, ce ne sont pas exactement des actes de guerre. Et je sais de quoi je parle. Donc… quelques mois avant la fin de la guerre, vous avez lâchement assassiné une femme qui tentait de s'enfuir avec sa famille. Une femme de petite taille.

— Oui, la famille Djorak. Et le manoir nain. C'est quelque chose qu'on n'oublie pas.

— Bien ! Avez-vous donné la mort à cette jeune maman ?

— Non ! Ce n'était pas moi. C'était Fergusson sous le commandement de Farius.

— Et le père est mort ce jour-là, n'est-ce pas ?

— Oui, il est tombé dans un trou. Impossible d'en ressortir vivant. Le puits était trop profond.

— Et naturellement, on a retrouvé ses restes et enterré le corps au cimetière familial, non loin du manoir !

— Pas du tout ! D'après ce que je sais, jamais personne n'est retourné au manoir et le corps a été laissé là-bas. Et d'ailleurs, le cimetière familial n'est pas près du manoir. Il est à KopfHart !

— Ah !" Adila sourit.
"Laissons ce point pour le moment et revenons au 'Faiseur de rêves'. Vous dites que vous l'avez tué parce que c'était un flic.
— Entre autres, oui.
— OK… Il y a donc des raisons que je ne connais pas ?!
— Peut-être."
Adila s'arrêta un moment en le scrutant du coin des yeux.
"Avez-vous des enfants, Sergent Zinger ?
— J'en ai un… un fils.
— Quel âge ?
— Vingt-cinq ans… Mais quel rapport ?
— Laissez-moi, s'il vous plait, continuer. Vous comprendrez…"
Zinger fit un signe d'approbation vers Adila. Elle sentait bien qu'il était perdu.
"Vous le voyez parfois ?
— Toutes les semaines.
— Et le jour de la mort du 'Faiseur de rêves', il est venu vous rendre visite ?
— Oui… Je crois.
— En fait, on en est sûrs ! Il est sur la liste des visiteurs. Vous a-t-il parlé de Farius ?
— Pour quelle raison m'en aurait-il parlé ?
— Oh ! Pour une, assez simple… Il est passé le voir, la veille de sa condamnation à mort.
— Je ne savais pas !
— Qu'est-ce que vous ne saviez pas ? Qu'il est passé le voir ou qu'il a été condamné à mort ?
— Les deux. Ici, on a du mal à avoir ce genre de renseignements.
— C'est vrai ! Je suis d'accord avec vous. Après tout, la

prison est une sorte de couvent. On y entre pour vivre une vie de replis et d'introspections. Vous savez ce qu'est un couvent, n'est-ce pas ? Même s'ils ont disparu, vous les avez bien connus."

Elle sentait que ses phrases, ses piques, faisaient mouche, l'homme en face d'elle légèrement désarçonné.

"Revenons à nouveau au 'Faiseur de rêves'. Savez-vous où son corps repose ?

— Il n'est pas à la morgue ?

— Pour autopsie ? Oh ! Non… Tout a été fait dans les règles.

— Alors, il doit être en ce moment dans le reposoir des condamnés à KopfHart.

— Dans un bloc du cimetière donc ?

— Vous devez mieux le savoir que moi."

Quelques secondes de silence rendirent l'atmosphère encore plus glaciale qu'elle ne l'était auparavant. Zinger se mit à sourire.

"Il doit être dans tous ses états ?

— Qui donc ?

— Franck Alberty Djorak.

— Pourquoi demandez-vous ça ?

— Que son ancien patron, cambrioleur, assassiné se retrouve dans le même cimetière que celui de sa famille.

— Que savez-vous de la famille de Franck ?

— Pas mal de choses. Elsie Sophia Djorak par exemple. La grand-mère paternelle du flic. Une femme incroyable. Figurez-vous qu'elle était commissaire de police. Mais cela bien avant l'Ultime Guerre. On était déjà sur la trace du Livre Saint ! Du Livre qui nous délivrera tous et nous mènera au chaos absolu. Le Livre du Grand Premier.

— De quel livre parlez-vous ?

— Demandez à Franck."
Il avait le regard glaçant. Pour la première fois, le sourire d'Adila s'effaça devant ce qu'elle pressentait comme une menace imminente.
"Vous avez l'air de bien la connaitre ?
— Elle s'est mise au travers de notre chemin plus d'une fois. Nous l'avons, disons, sortie de l'échiquier.
— Vous avez assassiné la grand-mère de Franck ?
— Je n'ai pas dit ça. Mais… C'est tout comme."
Adila ne savait plus quoi penser… À son tour d'être désorientée. Mais elle voulut vite reprendre le contrôle de l'interrogatoire.
"Votre fils !
— Oui ?
— Quel métier fait-il ?"
Il la regarda fixement. Comme s'il cherchait à creuser la terre meule de l'esprit d'Adila. Une froidure agressive l'enveloppait et elle cherchait un moyen de fuir ce harponnage moral. Puis, il s'avança sur sa chaise, les dix doigts croisés entre ses genoux.
"Mon fils ? Son métier ? C'est simple… Il est…"

Chapitre 12 : Échec !

"Que fait-on, Détective ?" demanda un policier en uniforme.
— Sortez le corps ! ... Non, attendez ! »
Il s'accroupit et se mit à faire les poches du défunt. Il n'avait pas revu son ancien chef depuis son jugement. Ce dernier avait été placé dans un centre pénitentiaire classique et non dans une de ces villes prisons ; en effet, même s'il n'avait pas du sang sur les mains, nombre de personnes ayant perdu beaucoup d'argent lors des vols se sont retrouvées acculées à une pauvreté imprévisible et dramatique, quelques-unes s'étant, malheureusement, donné la mort. Cela avait aggravé la sentence.
Franck cherchait n'importe quel indice qui aurait pu le mener sur la piste de la jeune fille. Il avait peur... Peur que celle-ci succombe... Que Farius puisse gagner.
Il ne découvrit rien. Pour la première fois de sa vie, Franck Alberty Djorak se trouvait dans une situation de vide absolu.
« C'est curieux ! »
Héléna remit ses cheveux blonds en arrière et se pencha sur le corps.
« Quoi ?
— Tu ne vois pas ?
— Non...
— L'index de la main droite est tendu.
— Tendu ?
— Oui, regarde. »
Franck se courba à nouveau et vit en effet cette raideur.
« On dirait...

— Qu'il montre une direction, oui ! ».
Au moment où il suivait du doigt le point désigné, le téléphone se mit à sonner. Il décrocha en effleurant son oreille.

« Franck, c'est Adila.
— Oui, Adila. Je ne peux pas parler pour le moment…
— Écoute-moi, Franck. Je sors de la prison. J'ai interrogé Zinger. Écoute-moi bien. Lui et son équipe de tarés sont à l'origine de la mort de ta grand-mère Elsie qui, elle-même, était flic. Elle a voulu les arrêter. Ils étaient à la recherche d'un livre qui apparemment est sacré pour eux. »
Franck, abasourdi, se rendit compte qu'il venait de jeter au sol les restes de sa propre grand-mère. Il ne savait rien de sa famille ou pas grand-chose. Il ne pouvait reconstruire son passé qu'à partir de morceaux de puzzle laissés ici et là. Il faut savoir que durant l'Ultime Guerre, les documents personnels, familiaux ou bancaires avaient été détruits par les bombardements et les produits chimiques. Donc, pour Franck, chaque fragment de son Histoire était une nouvelle découverte.

« Notre ancien patron, poursuit-elle, est au cimetière de KopfHart.
— Je sais, je viens de trouver son corps.
— Dans un des tiroirs concédés au prisonnier mort.
— Non, dans le même cercueil que celui de… de ma grand-mère.
— Oh ! Merde alors !
— Oui… Tu as fait les recherches que je t'avais demandées ?
— Bien sûr ! Et tu avais raison. Quelqu'un est allé rendre visite à Farius la veille de son exécution… Et cette personne est Anthony Zinger, le fils.

— Zinger a un fils ?
— Oui… Et, quelques heures plus tard, il est allé voir son propre père.
— OK ! Et c'est tout ?
— Non ! Je ne sais pas si c'est important, mais le fils Zinger a un métier assez particulier.
— Ah oui ? Lequel ?
— Il est comédien.
— Il est quoi ?
— Son métier est de jouer la comédie. C'est un acteur, si tu préfères. »
Et, là… comme si un film passait à l'envers, des images se raccordant, des flashs s'imposant… Un acteur joue… Un acteur se costume… Il devient le personnage… Il s'efface sous la carapace… Le jeune flic, le bleu… Il l'avait déjà vu… « Nous avons dû nous croiser deux ou trois fois »… Cette phrase passa en boucle, encore et encore… C'était lui, l'apprenti bourreau lui annonçant que Farius voulait lui parler. C'était lui, le plus jeune des infirmiers emportant Farius à l'hôpital Central des Détenus. Il coupa net la communication. Regarda le doigt, toujours figé, de son ancien boss. Il se tourna vers la direction qu'il pointait…
« Merde ! Elle est dans le tiroir destiné au "faiseur de rêves". Putain ! »
Il détala comme un fou furieux. Ses jambes avaient du mal à le tenir tant il était épuisé. Tout le monde se mit à courir derrière lui. Il effleura son oreille et dit un numéro. C'était la prison Centrale de Prague.
« Allo, ici le détective-inspecteur Djorak. Je voudrais savoir si vous avez toujours Harold Fergusson dans vos murs… Quoi ? … Évadé ? Depuis quand ? … Merde !

Meeeerde !!!! »
Il effleura à nouveau son oreille tout en regardant le jeune policier au loin. Il tendait une main vers le ciel. Franck, tout en bousculant les plaques mortuaires, regarda dans cette même direction, vers les nues ; il ne vit rien, mais en revenant vers le bleu il se rendit compte qu'il avait un boîtier en main.
« Noooon !!! » hurla-t-il du plus profond de ses entrailles. Tout le monde le regardait, affolé. On aurait dit une meute désorganisée ; poursuivante et poursuivie.
Le jeune homme sourit.
Franck s'arrêta net et fit non de la tête.
Le jeune homme hocha simplement de la sienne.
Sa main se crispa.
Son doigt appuya.
Tout d'abord, ce fut une petite explosion… Et aussi soudainement qu'un diable sortant de sa boîte, certains tiroirs implosèrent les uns après les autres et l'un des deux blocs s'embrasa en quelques secondes. Une énorme déflagration propulsa les différents protagonistes au sol. Le souffle fut tel que certains caveaux s'effondrèrent. Franck se jeta sur Héléna pour la protéger. Ils reçurent des gravats et de la cendre. Ils en étaient recouverts. Le ciel prit rapidement un ton rougeâtre. Le bloc s'écroula, les piliers étant fragilisés pas les multiples implosions. Un tsunami d'une épaisse fumée grise envahit le lieu de recueil en quelques secondes.
On entendait des gémissements et des pleurs.
Franck sortit son arme :
« Héléna, cours à la voiture et va demander du secours. »
Ce qu'elle fit, non sans mal. Un filet de sang coulait le long de son oreille et ses membres étaient écorchés, avec

des plaies de multiples gravités. Un sifflement aigu emplissait l'espace, commun aux victimes d'attentats à l'explosif.

Franck prit une petite lampe torche qu'il avait à la ceinture et la fixa sur son pistolet.

Il s'efforçait à marcher le plus bas possible, pensant sans doute que l'air serait plus respirable et que ses déplacements se feraient avec moins de mal. Cependant, ce brouillard artificiel était si dense qu'il avait toutes les peines du monde à cheminer sans se cogner à des tombes. Il vit à travers son faisceau un fossoyeur tentant de sortir son collègue coincé sous un des morceaux du bloc. Il criait en même temps qu'il s'épuisait à soulever la masse écrasante. Ses hurlements se mêlaient à la plainte de son ami. Une complainte gémissante et poignante.

Rapidement, des policiers en uniforme vinrent l'aider. De-ci, de-là des visages hébétés, des larmes sur des joues noircies, des silhouettes s'entraidant… Franck en profita pour faire un mouvement circulaire à son arme et de cette lumière si peu vive découvrir où se trouvait l'auteur de l'attentat.

Il ne vit personne.

Arrivé à la frontière entre l'air vicié et celui respirable, il se retourna et contempla avec effroi le paysage du cimetière totalement bouleversé.

On aurait dit une terre de guerre… Une terre de malheur et de solitude.

Un des flics arriva en courant et toussant tout ce qu'il avait dans les bronches.

« Qu'est-ce … Qu'est-ce qui… s'est passé ?

— Une bombe.

— Mais ces explosions ?

— Ce sont les corps des anciens soldats dont les gaz, inhalés durant la guerre, sont restés confinés dans les tiroirs hermétiques. L'explosion a créé une réaction en chaîne.

— Mais pourquoi ?

— J'ai ma petite idée. »

Il courut comme il put à sa voiture, recouverte partiellement de cendre. Héléna se désaltérant à l'aide d'une gourde pleine d'eau observait le va-et-vient des personnes, alertées par la détonation, voulant assister ou porter secours. De ces vagues humaines en sortit Franck. Il ouvrit la portière arrière et s'assit.

« Tiens, mon chéri, bois ! ».

Il trempa d'abord ses lèvres. Puis, avala une gorgée. Et se mit à vomir tout ce qu'il avait dans les tripes. Et à pleurer tout ce qu'il avait de peine.

« Je n'ai pas réussi, Héléna ! Je n'ai pas pu sauver cette jeune fille... J'ai échoué lamentablement ».

Il était à genoux, se vidant de tout son être. Elle le prit dans ses bras.

« Tu n'en sais rien... Tu ne sais pas si elle était bien là !

— Je sais ! Je sais qu'il l'a placée exactement là où je ne l'aurais pas cherchée. Elle était seule dans la fosse où devait se trouver "le Faiseur de rêves".

— Mais pour quelle raison fait-il ça ? Pourquoi échanger les tombes ?

— Pour gagner du temps et me mettre face à mon échec. Le jeune flic est Anthony Zinger. Et il n'est pas officier. Il est comédien. Il est très fort. Il a joué le rôle d'un des bourreaux et d'un des infirmiers transportant Farius à l'hôpital Central des Détenus.

— Mais ils étaient toujours deux !

— Le deuxième je crois savoir que c'est Harold Fergusson. Je ne le connaissais pas. Je ne l'avais jamais vu à part quand j'étais gosse… Mais je n'aurais pas su, avec le temps, le reconnaître. Et on ne fait jamais attention au… personnel.

— Fergusson… Il n'était pas incarcéré grâce à toi ?

— C'est ce que je croyais. L'administration ne m'a pas tenu au courant. Il s'est échappé du convoi grâce à la complicité d'un des gardiens…

— Anthony Zinger ?

— J'en suis sûr ! »

Les soldats du feu arrivèrent en trombe ainsi que des ambulances. Des hommes sortirent de ces véhicules dans la même énergie, déployant des lances et sortant des brancards.

« Mais Franck… Pour quelle raison, une telle mise en scène ? Pour te tuer ?

— Non, s'il avait voulu que je disparaisse, il aurait attendu que j'entre dans le bloc. En se servant de cette bombe, il savait que le bloc militaire allait imploser à cause des gaz. Non, il voulait que je sois témoin de mon échec. De la destruction pure et simple de mon passé à travers les restes de ma grand-mère et de ma première enquête. De ma vulnérabilité à travers la mort de cette jeune fille. Il a placé son corps dans le tiroir destiné au "Faiseur de rêves". Il a toujours eu un coup, voire deux, d'avance sur moi. Moi, qui pensais le devancer… J'étais présomptueux ! »

Il cracha au sol un liquide fait de fiel et de poussière et se mit à pleurer. Héléna lui souleva lentement la tête.

« Franck, tu es sans doute l'homme le plus intègre et le plus intelligent que je connaisse. Orgueilleux, tu l'es sans

doute. Mais tu es de la trempe de ceux qui ne baissent pas les bras. Tu es échec ? Et alors ? Tu n'es pas encore mat, que je sache. Admettons que cette jeune fille soit morte. C'est horrible… Mais tu n'en sais rien… Et ta mission en devient encore plus urgente ! Tu vas devoir arrêter Anthony Zinger et Harold Fergusson.
— Et Farius…
— C'est vrai.
— Il a réussi à reformer le triumvirat qu'il souhaitait.
— Maintenant Franck… Tu vas devoir te mettre au travail… Non avec tes tripes… mais avec ton cerveau. »

Chapitre 13 : La diagonale du fou.

Les pompiers avaient éteint les derniers soubresauts enflammés. De la mousse blanche envahissait le terrain. Cette dernière était une composition chimique altérant les effets des gaz et prévenant tout risque de deuxième vague d'explosion. C'était un spectacle désolant. Le cimetière était devenu un champ de ruines. Des hommes et des femmes venaient afin de redresser ou tenter de réparer ce qui restera pour eux la plus ignoble des salissures. Le chef des chevaliers du feu expliqua à Héléna que les gaz avaient, en s'enflammant, tué toute leur forme agressive. Ils n'étaient plus mortels.
Franck — après avoir reçu des soins rapides pour ses multiples blessures — et son équipe cherchaient dans les décombres, espérant découvrir le corps d'Anthony Zinger. Le juge Klébert arriva sur ces entrefaites. Franck le vit. Il vint à sa rencontre.
« Tout ça, Farius l'avait prévu. Depuis le début, j'avance mes pions et lui se sert de sa tour, de sa reine, de son roi et de son fou. Il n'a peut-être plus que ça… mais il sait les utiliser. Je pense qu'actuellement les hommes gardant le manoir sont morts et qu'il a récupéré son foutu livre rouge. Vous devriez aussi envoyer une équipe chez l'homme qui devait exécuter Farius. M'est avis qu'il est mort depuis pas mal de temps. »
Sur ces conseils, le juge effleura son oreille et s'éloigna pour parler tranquillement. Franck, de son côté, s'approcha d'un de ses collègues.
« Qu'on mette des barrages sur toutes les routes, qu'on surveille toutes les gares aéronavales et terrestres. Qu'on

fouille tous les endroits connus de nos services que Farius a pu investir à un moment donné ou à un autre. »
L'homme fit un signe à son supérieur et courut vers une voiture de fonction.
Franck donna un coup de pied à des gravats. Il regardait au sol et tentait de reprendre ses esprits, mais il était troublé. En effet, dans son voyage cérébral, il avait tout simplement montré dans quelle histoire « chimérique » il l'avait caché. « Le double assassinat de la rue Morgue ». Il repassait sans cesse cette image et il s'en voulait à mort de s'être fait rouler comme un bleu. Comme un simple débutant. Tout à coup, un homme de son équipe déboula.
« Franck, on a découvert qui était la fille. Vous n'allez pas me croire. Elle a été enlevée deux jours avant ton premier voyage cérébral. C'est-à-dire, il y a une semaine. » Une semaine, sept jours que tout avait commencé et pourtant il semblait à Franck que cette succession de rebondissements avait duré un mois. En une semaine, tant de choses s'étant produites, il en avait perdu le sens. Son collègue Sacht vint lui parler.
« Sa mère arrive avec le reste de l'équipe. La scientifique demande si elle peut se mettre au travail. Franck, on a retrouvé aussi la voiture de patrouille qui escortait l'ambulance de Farius. Ils sont morts tous les deux. »
Franck ne dit rien. Il avait trop de choses à penser, son cerveau si vif d'habitude, se trouvait immergé dans un océan d'images et d'interrogations. Le juge répondit pour lui qu'il fallait qu'elle voie avec le service d'interventions des incendies.
Une vingtaine de personnes, dont le sexe était indéterminé par le port de la combinaison, envahirent le tableau aux relents désespérants. Des lambeaux, des morceaux de

chair et des os s'unissaient ; mariage macabre dans un lit de terre noire.

Dans cette valse effrénée de voitures, de camions et d'ambulances en tous genres, un véhicule arriva, se mêlant à cet étrange bal. Deux hommes en sortirent ainsi qu'une femme.

Tout d'abord, le regard dans le vague, Franck ne la remarqua pas. Obnubilé par cette impression étouffante d'avoir raté sa mission, d'être responsable de ce massacre. Puis ses yeux flottèrent au-dessus des têtes et des lumières des gyrophares, fronçant légèrement les sourcils comme s'il avait vu quelque chose d'inhabituel. Elle avançait, fendant la foule, escortée par les sergents de l'équipe des personnes disparues.

« Détective-inspecteur Djorak ? demanda un homme à la mâchoire carrée.

— C'est moi. »

Il ne pouvait détacher son regard de cette femme. Elle devait avoir entre une quarantaine d'années, un charme indiscutable et des cheveux noirs encadrant un visage dominé par des yeux en amande couleur noisette, se terminant par une fossette au menton très reconnaissable.

« Voilà Madame Katerina Frances Derantour. Sa fille a disparu… Mais grâce aux photos du tableau.

— C'est elle ! C'est ma fille.

— Votre fille est blonde et les yeux bleus. Et vous…

— Je sais. Mais je vous assure que c'est bien ma fille.

— On est sur l'affaire depuis près d'une semaine. dit le policier à la mâchoire de superhéros. Et je vous certifie que c'est sa fille naturelle.

— Où est-elle ? »

Cette question, il craignait de l'entendre de la bouche de

cette femme qui avait encore un espoir avant de le rencontrer. Franck, à la fois secoué par l'attentat, déstabilisé par sa propre culpabilité et aimanté par l'apparition de cette mère au désespoir, ne put y répondre. Il ouvrit la bouche, mais aucun son n'en sortit. Le juge, alors, s'approchant de Katerina, lui prenant les mains et la regardant droit dans les yeux.

« Madame, vous devez être forte. »

La phrase était maladroite, mais l'intention était noble. Cependant, elle retira ses mains de celles du juge, détourna son regard et le tourna vers Franck qui ne trouva rien de mieux à faire, à ce moment-là, que de lui tourner le dos. Il se retrouva face au spectacle désolant de cette terre sacrée violée.

« Où est-elle ? » demanda-t-elle à nouveau en s'approchant de Franck.

Il ouvrit soudainement ses yeux.

« Je vous connais ! » dit-il en la fixant intensément !

— Je ne crois pas.

— Oui, vous y étiez !

– Où ? »

Franck voulut répondre, mais s'abstenant d'entrer dans les détails, il lui posa juste une question qui parut étrange à Katerina.

« Pratiquez-vous l'escrime ?

— Non ! Pas du tout ! »

Comme s'il se réveillait avec une impression d'apnées répétées, Franck la prit par les épaules. Ses yeux étaient semblables à ceux d'un savant fou venant de constater les effets de sa découverte.

« Madame, que faites-vous dans la vie ?

— Je suis…

— Quoi ?
— Joueuse d'échecs professionnelle.
— Vous avez une spécificité ?
— Oui, je crée des nouvelles stratégies combinatoires.
— Madame, avez-vous déjà joué contre l'un de ces trois hommes ? »

Il montra les photos des trois soldats maudits. Elle acquiesça !

« Oui, celui-ci ! »

Elle montra Origan Farius. Il le pressentait au plus profond de ses tripes. Héléna arriva sur ces entrefaites. Elle était en compagnie d'Adila, prévenue du drame.

« Franck, ça va ? »

Adila était réellement inquiète. Héléna prit la main de Franck de manière ostentatoire, dans l'idée, peut-être sans le vouloir, de faire passer ce message : cet homme est à moi.

« Ça va, Franck ? Tu es bizarre !
— Je réfléchis. Je vous présente Katerina Frances Derantour ! C'est la mère de… Au fait, comment s'appelle votre fille ? Son prénom !
— Élise ! »

Et là, comme un vase qui se reconstruit, morceau par morceau, après fracas au sol, Franck mit sa main sur son front !

« Mais oui… Écoutez, ce n'était pas une question d'anagramme ! La musique de Beethoven, la lettre à Élise, n'était pas là pour me mettre sur la voie de ma grand-mère… Pas du tout ! La sonate me donnait le prénom de la jeune femme. Votre fille vous accompagnait durant vos concours ?
— Toujours.

— Tout s'imbrique. Madame avez-vous conçu une stratégie de l'affrontement ?
— Oui.
— Et grâce à elle, vous n'avez jamais perdu une partie ?
— Jamais. Pourtant...
— Pourtant, il y a un moyen de la contrecarrer ?
— Oui...
— La diagonale du fou ?
— Exactement.
— Une manière de mettre en échec !
— Oui... Mais, je suis désolée... je ne comprends pas ce que cela vient faire avec ma fille !
— Adila, préviens les ambulanciers, je vais avoir besoin d'eux. Héléna, viens avec moi. Je suis un idiot. Farius connait cette stratégie.
— Je ne comprends rien, Franck.
— Nous non plus ! reprit le juge Klébert.
— Suivez-moi »
Il mena tout le monde à la tombe ouverte de sa grand-mère.
« C'est à la fois très simple et très compliqué, mais pour le moment, avant de donner les détails de cette rocambolesque affaire... On doit tout d'abord sauver votre fille. Car c'est ça qui compte le plus ! »
Ils le regardaient tous comme s'ils découvraient en lui une pathologie mentale d'une gravité méconnue.
« Non, je ne suis pas fou... En deux mots, Héléna, quand j'ai fait le deuxième voyage mental alors que Farius était dans le coma, il me mit une épée à la main et c'est avec vous, Madame, que j'ai croisé le fer. Vous étiez très forte. Si j'ai pu vous tuer... pardonnez-moi, mais c'est vrai...
C'était en glissant sur le sol en diagonale. Et en vous

plantant l'épée dans le dos. Mais j'avais oublié tout ça, car Farius a tout fait pour brouiller les pistes et me mettre à bout. Le tableau, sa phrase sur l'art pictural… et… tout le reste… Enfin… L'explosion n'était qu'un écran de fumée. »

Il se plaça de manière à être face à la direction que le doigt figé du « faiseur de rêves » montrait avant la déflagration. C'est-à-dire les immeubles à tiroirs. Il tourna vivement le dos au champ de ruines, surplombé d'une fine couche de brouillard et prit le cimetière en diagonale parfaite. La troupe le suivait. Il scrutait chaque tombe avec insistance et détermination.

« Que fait-il ? demanda candidement le juge.
— Chut ! »

Plaçant son doigt sur sa bouche, Héléna mit fin à une conversation qui aurait pu le déranger, le détourner de sa quête. Franck s'arrêta net.

« C'est là ! »

Il était face à un mausolée dont le fronton était couronné de deux sabres croisés. Deux armes blanches, deux sabres de combat s'entaillant, fer contre fer…

« Vite ! Ouvrez-le ! »

Un homme força la serrure.

Deux blocs de pierre, des tombeaux, gisaient là, immobiles dans leur solitude, chacun contre une paroi, ne se jouxtant pas, mais dans un parallélisme parfait.

« Aidez-moi ! »

Ils firent glisser au sol, non sans un effort considérable, égrainant au passage quelques graines blanches, poussière du frottement de la pierre contre la pierre, le premier couvercle ! Rien.

Que des ossements étrangers.

Ils attaquèrent le deuxième.
Et là, la jeune fille blonde gisait, un masque à oxygène sur sa bouche.
« Sortez-la vite ! »
Ils la portèrent à la force des bras et la mirent au sol, à l'extérieur de ce lieu de repos.
« Élise !!! cria sa mère.
— Madame, s'il vous plait, laissez-nous faire. »
Un des ambulanciers mit un genou à terre.
« La bouteille est vide. Je ne sens pas son pouls. »
Dans cet élan, il se plaça dans la position du massage cardiaque. Élise, dont la blondeur était presque irréelle, était d'un pâle angoissant. L'infirmier donna tout ce qu'il avait en puissance pour faire repartir le cœur. Adila, mettant la main sur l'épaule de Franck, produisait de petites inspirations, rythmant, sans le vouloir, les pressions répétées sur le thorax de la jeune fille. Alors que de leur côté, Franck et Héléna gardaient leur respiration pour plus tard. Tout à coup, un souffle sortit de la bouche de notre « Belle au bois dormant ».
« J'ai un pouls ! » affirma l'ambulancier.
Héléna prit les choses en main avec assurance.
« Vous l'amenez dans mon laboratoire. J'ai tout ce qu'il faut pour la remettre sur pied, plus rapidement que n'importe quel hôpital. Je monte dans l'ambulance avec elle. »
Katerina prit la main de sa fille puis la lui serra fort. Elle tourna son visage vers Franck en murmurant un merci.
Et là, il put enfin respirer.

Chapitre 14 : Ecee-Abha.

Héléna sourit à Franck avant la fermeture des portes automatiques des ambulances. Il regarda le véhicule s'éloigner. Le juge s'approcha de lui.
« Les hommes gardant votre manoir sont en vie. Farius ne s'est pas fait connaitre. »
Franck posa sur lui un regard voulant dire qu'il n'était pas des plus surpris.
« Jusqu'au bout, il m'a fait penser, croire des choses. Inutile de voyager mentalement ! Il m'a manipulé comme une marionnette de théâtres ambulants. »
Il marchait tout en parlant. Il fallait qu'il trouve quelque chose. Il mettait tout ce qui restait de son énergie à ouvrir de nouvelles portes sur la résolution de son enquête… Ou plutôt de sa propre quête.
« Vous vous souvenez de ce vertige que j'ai eu lorsqu'on était tous au manoir ? J'ai eu un sentiment de déjà-vu. Le policier à qui j'ai demandé de remettre le livre de Doyle dans la bibliothèque. C'était un des deux infirmiers. Maquillé, perruqué, transformé par le fils Zinger. Mais c'était bien lui ! Harold Fergusson. J'en déduis qu'il a dû en profiter pour subtiliser leur précieux carnet rouge. ».
Ils se déplaçaient vers le tombeau dans lequel l'infortunée Élise Frances Derantour avait été enfermée.
Adila l'inspectait déjà.
« Elle a dû se réveiller à un moment donné, car il y a des griffures sur le côté intérieur du couvercle et un peu de sang.
— J'avais vu le bout de ses doigts abîmés. Pauvre petite ! »

Franck se courba et observa, à l'aide de sa petite lampe torche, l'intérieur du bloc de pierre. Il passa la main, s'égratignant au passage à une aspérité. Il l'éclaira et vit le mot Ecee-Abha. Ce message avait été fait par un outil de tailleur de pierres ; la jeune Élise n'aurait jamais eu la force de faire ça avec ses ongles et aucun bijou n'avait été trouvé sur elle. Et puis, Farius et ses sbires étaient les seuls à connaitre l'énigme du mot Ecee-Abha.
Franck se releva ; il tourna sa tête vers Adila et le juge.
« Rentrons au manoir ! »
En chemin, ils apprirent qu'Élise avait repris connaissance et s'était plongée dans les bras de sa mère. Toutes deux pleurant à chaudes larmes. Franck demanda à Héléna de le rejoindre au manoir nain et réclama tout de même une protection rapprochée pour les Frances Derantour.
    Ils se retrouvèrent donc tous dans le salon.
Ils avaient l'air abattus, mais une jeune fille avait été sauvée. Et cela importait plus que tout autre chose.
« Avez-vous une petite idée pour retrouver Farius et sa bande de malades ? » demanda la Gouverneuse.
– J'estime, Madame, qu'il faut reprendre point par point tout ce qui s'est passé durant ces quinze derniers jours et même avant. »
Il se plaça devant toute l'assemblée. Il avait l'impression d'être le fameux détective belge face à un groupe de suspects. Mais ici, aucun suspect, que des femmes et des hommes de loi en pleine déconfiture.
« Origan Farius et ses acolytes Frédéric Zinger et Harold Fergusson étaient à la recherche depuis des années d'un document qu'ils pensent être une sorte de bible pour eux. Le carnet rouge écrit par Hyde, le double maudit du Dr Jekyll, plus connu sous le nom de Jack l'Éventreur.

Pendant l'Ultime Guerre, ils étaient tous trois soldats et retrouvèrent mon père dont ils estimaient être le détenteur de ce carnet. Ils le traquèrent ici même et assassinèrent ma petite mère. Mon père tomba dans un trou et disparut à jamais. J'étais le seul survivant de la maison. Ils étaient sûrs et certains que je savais où mon paternel avait caché leur Graal.

Mais j'étais trop jeune et surtout trop effrayé. Je fis un blocage total. Une amnésie psychique.

Farius me donna à qui de droit afin que je puisse être placé. J'eus la chance de tomber sur des parents adoptifs formidables. Ils m'aimèrent comme s'ils étaient mes propres géniteurs. Je fis de bonnes études, mais, je ne sais pourquoi et, depuis toujours, les énigmes m'ont toujours fasciné.

À l'adolescence, mes parents adoptifs me révélèrent quelle était mon ascendance.

Mon paternel était connu… C'était un spécialiste des auteurs policiers et fantastiques du XIXe siècle avec une grande particularité : il pensait que tout ce qui était écrit par ces auteurs était relié à des faits réels. Farius en était aussi persuadé. Je compris alors d'où venait, chez moi, cette soif insatiable de découvrir la vérité sur les choses.

À partir de ce moment précis, des bribes de souvenirs commencèrent à émerger dans mon inconscient. Et c'est à cette même époque que je décidai de reprendre le nom de mon vrai père… Avec le consentement de mes parents adoptifs, bien entendu.

Lorsque je devins policier, alors que je n'étais qu'un jeune officier, j'eus le privilège de travailler sur l'affaire du "Faiseur de rêves", un cambrioleur qui dévalisait des banques en assommant sans violence quiconque se trouvait à l'intérieur du bâtiment, à l'aide d'une partition musicale bien particulière. Et c'est là que j'ai eu la chance de rencontrer Adila M'Koumbé, simple détective à l'époque. Grâce à notre travail, nous avons mis sous les verrous le véritable voleur qui n'était autre que notre propre chef : Matteo Gallo.

Cette affaire étant close, je fus, bien malgré moi, propulsé au rang de détective-inspecteur. Encore désolé, Adila, de t'avoir dépassée d'une courte tête. »

Adila sourit.

« Mais cela m'a mis aussi en première page de tous les journaux et magazines. Je fis leur "Une" durant quelques semaines. À la grande joie de mes parents adoptifs, mais aussi de Farius, qui avait attendu si longtemps ce moment. Je me souviens qu'il me rendait souvent visite avant que je ne sois placé et même, parfois, il m'attendait devant la sortie de l'école avec toujours cette question : "Te souviens-tu maintenant ?"

Pardon pour cette digression, mais vous verrez qu'elle a son utilité.

Donc, Farius découvrit que j'étais devenu quelqu'un sur lequel on pouvait compter quand il s'agissait de découvrir ce qui ne saute pas tout de suite aux yeux du commun des mortels ; l'indicible, la lumière dans les ténèbres. Et dans le même temps, le système du voyage mental fut mis en place par les autorités. Voyages menés de main de maître par toi, Héléna.

Mais, sans le vouloir, tu devins aussi un jouet entre les mains d'Origan Farius et son équipe. Il allait mettre en place un plan vertigineux et incroyable. Une sorte de secrétaire à multiples tiroirs dont certains en cachaient d'autres.

Le plan d'Origan était ambigu et compliqué. Il se déclinera en plusieurs strates.

Tout d'abord, enlèvements et assassinats de dizaines de femmes et de jeunes filles. Cela est le filet qu'il tend afin que moi, pauvre poisson, je vienne m'y perdre. Par la même occasion, il fait la connaissance de Katerina Frances Derantour avec qui il se met à jouer aux échecs régulièrement en attendant que je sois mis sur l'affaire. Et une fois à la tête des opérations, il se met à commettre de prétendues erreurs afin d'être débusqué.

Mais dans un but bien précis : que je le retrouve et, une fois arrêté, jouer le cobaye idéal pour un voyage cérébral me permettant ainsi de mettre le doigt sur une partie de mon passé.

Cette opportunité voulue me place sur la voie du Carnet. Mais, l'homme est un génie du mal, un cerveau unique : il sait aussi que jamais je ne le lui remettrai. Alors il fait en sorte que j'arrête ses complices. C'est un double lâcher de filets : en fonction du lieu, l'un des deux sera incarcéré dans la même prison que Gallo. Et c'est Zinger sénior qui devient par là même le pion à sacrifier.

À compter de ce moment crucial, trois parties se jouent en une seule : condamnation à mort de Farius, assassinat de Gallo par Frédéric Zinger et enlèvement d'Élise Frances Derantour par, très certainement, Anthony Zinger.

Et c'est ce même personnage, Anthony Zinger, que l'on retrouve aux côtés de Fergusson, alors évadé du fourgon le transportant vers la prison centrale, lesquels, tous deux masqués comme n'importe quels exécuteurs se font passer pour les bourreaux.

Ils ne lui envoient qu'une dose peu forte d'un produit non létal. Ils sont là, pour donner le change. Si je décide de

faire stopper la condamnation, ils n'interviennent pas et si le contraire se passe, ils lui administrent la dose légère.
Mais avant cela, Farius me glisse à l'oreille qu'une disparue est toujours vivante. Pourquoi n'ai-je pas mis fin à cette exécution ? Sur le moment, j'ai cru qu'il voulait gagner du temps.
Mais, cette phrase me hantant, ce doute permanent qu'une survivante puisse être là, quelque part, esseulée et terrifiée me pousse à réclamer un deuxième voyage mental.
Toutefois, je demande que cette incursion psychique soit décomposée en tiroirs.
Deux, précisément.
Donc, les tiroirs : dans le premier, nos volontés se mélangent. Mais Origan Farius me donne, par le biais d'images comme "les hommes dansants" et "l'escrimeuse" matière à réfléchir et surtout à me décontenancer.
Pendant ce temps, le vieux Zinger assassine Gallo "le Faiseur de rêves" !
Vous vous demandez certainement ce que vient faire mon ancien patron dans cette histoire ; c'est juste un leurre.
Mais aussi, un moyen de m'atteindre par le biais d'un passé qui est le mien. Son corps est déplacé dans le cercueil de ma grand-mère, voyez l'ironie de la chose ! Et ils installent les explosifs dans le bloc des prisonniers morts en prison. Pourquoi précisément là : parce qu'ils savent parfaitement que ce bloc jouxte celui des soldats gazés et que la destruction du site en serait d'autant plus spectaculaire, plus crépusculaire.
Un autre moyen de me dérouter et surtout de me faire fléchir.
Mais revenons à mon voyage mental.
On en arrive au deuxième tiroir. Je me réveille sur la lettre

à Élise.
Élément important dont je ne comprends pas tout de suite la teneur.
Puis… Farius me donne deux indices, le tableau et une phrase : "À l'aune de la connaissance de l'art pictural, la face cachée est la vérité. Tout le reste n'est que silence !"
Et, crédule que je suis, tout gonflé d'orgueil de l'avoir déjoué, je lui dévoile malheureusement la cache du carnet. Le fameux carnet rouge qui est le moteur, l'essence et la mécanique de leur quête.
Ainsi, pensant devancer Farius, je me réveille dans l'idée de retrouver cette jeune séquestrée. À moitié dans les vapeurs et fatigué de ce double voyage, je ne me rends même pas compte de la présence de deux infirmiers, présents et actifs : encore le fils Zinger et Fergusson se chargeant d'évacuer Farius à mon nez et à ma barbe. Quand j'y pense, ils ont une de ces audaces… Je n'en reviens pas encore. J'en suis presque admiratif.
Dans l'ambulance, ils le réveillent et revêtent des tenues de policiers. En sortant du véhicule, ils abattent de sang-froid l'escorte que j'ai eu le malheur de demander. Simultanément, l'un va au cimetière et l'autre au manoir pour se mêler au groupe de policiers et d'hommes de loi, présents à ce moment-là.
Tout en parlant, harassé de fatigue et surtout mon esprit embué par cette idée de perdre cette jeune femme, je donne le livre de Doyle au policier qui s'était avancé vers moi afin de le replacer dans la bibliothèque et qui n'était autre que Fergusson.
Ma faiblesse que j'ai eue sur le moment vient du fait que mon esprit l'avait enregistré en tant qu'infirmier, vu quelques minutes plus tôt au laboratoire. »

Il fit une pause et se frotta les yeux. La lassitude commençait à poindre avec le jour baissant. Héléna voulut intervenir, mais Franck lui fit un clin d'œil qui se voulait rassurant.

Il prit une carafe d'eau et s'en versa dans un verre dont il ôta un peu de poussière sur le bord, d'un souffle court, mais vif.

Il le but jusqu'à la dernière goutte.

Il reprit.

« Et profitant, donc, de cette opportunité, Fergusson subtilise "Le double assassinat de la rue Morgue". Mais, comme vous le savez déjà, dans la couverture, aucun livre de Poe, mais leur foutu Livre saint !

Vous vous demandez sans doute pourquoi je n'avais pas replacé le carnet de Hyde dans la cachette derrière les chenets de la cheminée après l'avoir découvert la toute première fois. Farius exécuté et ses acolytes enfermés, cela me laissait le champ libre de le mettre où je voulais. Je n'avais plus vraiment à le cacher… mais sans ostentation. À la discrétion de tous. Cependant, quand nous avons décidé de m'envoyer à nouveau dans l'esprit de Farius, j'eus l'idée de recourir à la nouvelle de Poe, choisie comme appât, dans l'idée de le pousser à dévoiler le lieu d'enfermement de la jeune recluse. Et cela, sans pour autant lui montrer la cachette initiale. C'est-à-dire celle de la cheminée. Elle peut encore servir.

Et, comme une litanie, encombrant mon esprit en butte à la perception des choses, cette phrase "À l'aune de la connaissance de l'art pictural, la face cachée est la vérité. Tout le reste n'est que silence !"…

Cette phrase dite par Farius me permet de découvrir le cimetière où repose ma grand-mère, dont le prénom était

Elsie. Je pense alors à une anagramme entre l'Élise de la sonate de Beethoven et Elsie.

Là encore, j'ai manqué totalement de discernement !

On fonce tête baissée au cimetière de KopfHart.

Me demandant pourquoi durant notre confrontation mentale Farius avait placé Adila sur mon chemin, je l'appelle. Et quand elle m'explique qu'elle est sur l'enquête du meurtre du "faiseur de rêves", je comprends enfin ; elle est la seule détective-inspectrice du bureau fédéral de KopfHart… Farius savait qu'elle serait à la tête des investigations. Et que donc, elle me rapporterait tous les détails de l'entrevue. C'était malin, car il ne doutait ni de son amitié envers moi ni de sa pugnacité.

Quand Héléna et moi arrivons au cimetière, nous trouvons ce qui semble être le lieu de détention de la jeune femme et là… Pas de séquestrée, mais le corps de Gallo… dans une cache secrète, à l'intérieur même du cercueil de ma grand-mère… avec son index figé montrant une direction… Puis… Le fils Zinger déclenche la bombe. Détruisant toutes traces de ce qui aurait pu se trouver dans le bloc des condamnés… et surtout effaçant des fragments de mon passé. En grande partie par mes propres actions, qu'il a su deviner, connaissant mon caractère, en sortant de manière discourtoise et intempestive les restes de mon aïeule.

Quand je vous dis que cette nasse, qu'il a tressée, a deux buts bien précis ; me toucher personnellement et mettre la main sur le manuscrit du Dr Jekyll, ou plus précisément d'Edward Hyde.

Pardon pour cette nouvelle digression.

Je me retrouve, plus tard, face à Katerina Frances Derantour.

Cette mère qui cherche désespérément sa fille se trouve être "l'escrimeuse" de mon deuxième voyage mental et cette rencontre déclenche en moi une prise de conscience, comme une décharge électrique me remettant les idées en place. C'est ce qui me permet de reconsidérer la situation du cimetière en fonction de tous les éléments que Farius m'avait soumis.
On découvre enfin le lieu de séquestration de la jeune Élise.
On arrive à la sauver in extrémis… mais, dans le même temps, on perd Farius et ses complices.
Ils ont gagné, mais on n'a pas tout perdu. »

Un silence pesant s'installa. Adila avait décidé de le rompre ! Elle était en colère.
« Et tout cela pour un vulgaire bouquin qui n'est peut-être qu'un canular.
— Ce n'est pas qu'un simple vulgaire bouquin, pour reprendre tes propos, Adila. Non. C'est une relique bien plus précieuse pour eux. Mais…
— Quoi ? demanda Héléna.
— Il y a autre chose. Connaissant l'esprit tordu de Farius. Je n'arrive pas à m'enlever cette phrase de la tête : "À l'aune de la connaissance de l'art pictural, la face cachée est la vérité. Tout le reste n'est que silence !"
— Mais on sait pourquoi ! L'art pictural est le tableau de la jeune fille qui nous a menés au cimetière, lieu empreint de silence. reprit Adila.
— Il y a autre chose. »
Ce faisant, il reprit entre ses mains ledit tableau.
« La face cachée est la vérité. » marmonna-t-il ! Il scruta plus intensément le vernis, posa sur une table la peinture

de la jeune rescapée.

« Héléna, va me chercher un peu d'eau et du détergent dans la cuisine, s'il te plait. Ainsi qu'un chiffon. » Tout le monde s'était réuni autour de lui.

Quand elle revint, il versa le nettoyant dans l'eau et mélangea les deux produits. Il trempa le chiffon dans la mixture opaque. Il la passa avec beaucoup de soins en commençant par le haut. La peinture s'effaça petit à petit.

« Depuis des siècles, des faussaires peignent de fausses toiles sur des peintures très convoitées ; et cela en vue de les revendre à prix coûtant, après cambriolage ou vol de ces œuvres. »

Quand il eut fait le tiers de la toile, ils se rendirent compte qu'il y avait une photo dissimulée. Il s'arrêta un moment, son cœur s'emballant. Puis, il continua. Lorsqu'il eut fini, quelque chose d'inattendu s'imposa à la vue de tous. C'était un cliché du manoir nain avec ses occupants posant pour le photographe. Ils étaient tous jeunes et insouciants. Des hommes et des femmes dont les vêtements trahissaient la mode de l'avant l'ultime guerre.

« Voilà ma famille… Je pense, enfin je suppose, du côté de mon père. Voilà ma grand-mère. Je la reconnais par la photo qu'il y avait sur sa stèle. Là, très certainement son mari. Et là… ! Lui !

— Origan Farius !

— Oui, Héléna.

— Mais que faisait-il parmi ta famille ?

— Je ne sais pas, Adila. Mais, à en juger à l'harmonie perceptible, à tous ces sourires amis, c'était un intime. Beaucoup de jeunes hommes et peu de présence féminine.

— Il y en a un qui porte un bâillon sur les yeux.

— C'est mon père.

— Colin-maillard ? observa Héléna.

— Peut-être. »

Klébert s'approcha, s'appuya sur la table.

« Franck, avant de partir, vous nous aviez demandé de faire des recherches sur votre famille. Origan Farius, d'après nos investigations… mais vous savez que, malheureusement, nos informations sont fragmentées… n'en faisait, a priori, pas partie.

— Mais alors, si ce que vous dites, monsieur le juge, est vrai, pourquoi est-il sur cette photo ? » s'étonna Héléna. Franck la regarda secouant sa tête d'un mouvement approbateur et complice. Question qui paraissait simple, mais que chacun se posait sans pouvoir y apporter une quelconque lumière. Adila s'appuya contre la table. Elle scruta la photo.

« Franck, souviens-toi de ce que m'a affirmé Zinger. Ta grand-mère aurait perdu la vie à cause d'eux… »

Franck approuva d'un hochement de tête.

« Beaucoup de questions restent encore sans réponse, pour le moment… Je les trouverai, je les arrêterai. Et là… D'une manière ou d'une autre, je saurai la vérité ! La partie continue ! »

Partie II

Chapitre 1 : Passé-Présent.

Vêtu de son uniforme de patrouilleur, Franck, épaulé par l'inspectrice Adila M'Koumbé, entra dans la salle de questionnements.
Ils s'assirent simultanément face à leur patron, Matteo Gallo.
Ce dernier avait l'air presque rassuré ou tout au moins soulagé.
« Comment avez-vous compris ? demanda-t-il, passant son index sur sa moustache grisonnante.
— Plusieurs éléments nous ont poussés à vous suspecter, Monsieur. Enfin quand je dis "nous", c'est plutôt l'officier Djorak. »
Adila regarda Franck qui, de son côté, dévisageait « le faiseur de rêves ».
« Alors, Franck, qu'est-ce qui vous a mis la puce à l'oreille ?
— Tout d'abord, sachez que je vous ai toujours admiré et respecté. Vous avez été un excellent policier, un modèle pour nous tous. Cependant, le passé vous a rattrapé.
— Mon… passé ? »
Matteo releva ses sourcils fournis de manière presque théâtrale.
« Oui, Monsieur. Vous souvenez-vous de cette soirée chez

vous ? Où nous avons bu et développé des thèses concernant les attaques non armées du "faiseur de rêves". Vous nous avez alors raconté votre vie… Matteo Gallo, élève moyen à l'école, mais brillant dans ses études musicales. Votre mère informaticienne et votre père instrumentiste vous ont légué un patrimoine génétique puissant, réunissant deux mondes à la fois opposés, mais en définitive presque jumeaux. Malheureusement, tous deux moururent dans un incendie au sud de l'ancienne Italie. Le reste de votre enfance dans la misère et votre décision de devenir policier afin de rééquilibrer la balance de la justice. Cette allocution que vous avez prononcée sous l'effet de l'alcool me parut sur le moment sans conséquence. Mais… j'ai ce grand défaut de faire voleter mon regard sur tout. Votre bureau était recouvert de plusieurs livres dont un qui attisa particulièrement ma curiosité. Un recueil de Jules Verne. Parmi les nouvelles incluses dans le recueil, une se détacha du lot : "Monsieur Ré-Dièze et Mademoiselle Mi-Bémol". Je ne vous apprends rien… Cette histoire est un conte de Noël qui narre les aventures d'un garçon et d'une fille faisant partie d'une chorale. Sur ces entrefaites, un curieux personnage nommé Effarane, maître-organiste, arrive dans le village afin de remplacer leur vieux professeur de musique, tombé subitement malade. Cet homme, cet Effarane, en réalité, veut créer un orgue uniquement constitué de voix enfantines. Une nuit, la veille de Noël, il réveille toutes les têtes blondes afin de les enfermer dans sa machine diabolique. Mais, tout ceci… Tout ceci n'était qu'un cauchemar… Un cauchemar collectif… Il avait le pouvoir de les manipuler durant leur sommeil. Naturellement, cette aventure écrite par Jules Verne n'est qu'une illusion. Rien de bien concret… Que de l'immatériel ! Sauf… que… dans tout ceci, savez-vous ce qui est vraiment étonnant ? Entre ré-dièse et mi-bémol… il y a juste un comma.

— Et en ancien français, Comma et coma se prononcent de la même manière, intervint Adila.

— C'est ça ! affirma Franck. Un coma, avec un seul M, c'est la perte de connaissance l'espace d'un moment, plus ou moins long. Et un comma, avec deux M, est la connaissance de l'espace réduit entre deux notes. »

Matteo le regarda, admiratif.

« "LE Faiseur de rêves !!!"… Effarane en était UN ! Vous deviendriez ainsi son double réel. Il vous fallait simplement trouver le moyen de maîtriser la fréquence de bruits blancs sous forme musicale. Utiliser les notes pour plonger quiconque dans le monde des rêves est aussi diabolique que fascinant ! Je ne dis pas que cela a été un jeu d'enfant. Car je pense que ce travail vous a donné du fil à retordre. Mais avec pugnacité et ce désir profond de ne plus jamais retomber dans la misère, vous avez réussi. »

Il le fixa avec un sourire vainqueur.

« Vous vous êtes amusé aussi devant les caméras de surveillance en arborant votre déguisement déconcertant : un masque d'un homme portant moustache et bouc, un chapeau tyrolien et des vêtements du même style… Il ne m'en fallait pas plus ! J'ai fait immédiatement le rapprochement avec la nouvelle de Jules Verne. J'ai donc décidé de fouiller chez vous et… j'ai trouvé cet enregistrement. Nous ne l'avons pas écouté, bien entendu. Pas si fous ! Mais nous l'avons passé au spectrogramme sonique nous fournissant la preuve tant attendue. Une partition de bruits blancs ! Unique en son genre ! Cet enregistrement, vous l'utilisiez en entrant dans les banques, des bouchons dans les oreilles, alors que tout le monde s'endormait au son de votre mélodie. Personne ne déclenchant l'alerte, cela vous donnait le temps de subtiliser la quasi-totalité des sommes enfermées dans les coffres. Ces derniers étant biométriques, vous deviez simplement placer devant le scanner le visage du responsable des salles… et le tour était joué. Je suis… je l'avoue… admiratif.

— Non, c'est moi qui le suis. Non seulement par ta démonstration, mais aussi par ta culture. Comment diable connais-tu cette œuvre ?

— Mon père était assurément un spécialiste des romans du 19e siècle britanniques. Il a fallu que j'étende mon savoir ! Voilà tout ! »

Matteo sourit. On aurait dit qu'entre le jeune policier et le vieux loup une connivence artistique les liait par des fils invisibles. Adila rompit tout à coup le charme.
« Juste une question, Monsieur. Avez-vous fait une ou plusieurs copies de cet enregistrement ?

— Non ! C'est l'unique exemplaire !

— Vous en êtes certain ? »

Matteo regarda Franck droit dans les yeux !
« Je le suis ! »

Une fois sortis de la salle de mise à la question, Franck tapa le rapport alors qu'Adila, en tant que supérieure hiérarchique, vint déposer dans la bibliothèque des scellés la preuve sonore, un petit disque noir.

Elle le plaça dans un coffre. Puis, le referma, à tout jamais.

Au fil du temps, ce dernier devint le témoin de changements, de bouleversements au sein de la police.

Cette dernière, en effet, s'enrichit de nouveaux éléments, vit partir les plus anciens.

Personne ne prêtait plus attention à ce coffre, rouillant et obsolète.

Dans le sablier, les heures s'égrainèrent.

Des semaines !

Des mois !

Une année !

Puis trois !

Sept !

Dix !

Une main apparut soudainement !

Elle composa les chiffres du coffre.

Elle l'ouvrit.

Prit le disque oublié.

Cette même main se balada dans la salle des archives, passa devant le comptoir du surveillant, corps gisant à terre, une balle dans la tête.

Au-dessus du cadavre, sur le bureau central, des carnets ouverts avec des années, des mois, des nombres, des chiffres et des codes inscrits.

La main mit le disque dans une poche puis elle ouvrit la porte et la referma derrière elle.

Elle agrippa une poignée de voiture et s'engouffra à l'intérieur.

La main et sa sœur miroir épousèrent le volant et démarrèrent le véhicule au son d'une voix.

Arrivée à destination, la main ouvrit la portière.

À l'extérieur, elle ballotta le côté d'un uniforme de policier, tapotant de temps en temps la poche du pantalon.

Elle arriva devant un grand portail.

Mais une seule petite porte sur le côté s'entrouvrit.

La main pénétra le lieu.
Les deux mains se relevèrent afin de mettre en croix le corps du visiteur, passé au crible par un mini scanner, manipulé avec dextérité par un professionnel aguerri.
Le scanner sonna.
Le gardien donna un léger coup de tête vers la poche.
La main en sortit le petit disque noir.
Le gardien hocha la tête et passa derechef le scanner devant la poche vide.
Il donna l'autorisation au visiteur d'entrer.
La main, serrant le disque sans violence, fendait l'air.
Elle ne tremblait pas.
La main posa le disque sur une table.
Une autre main l'alpagua avec plus de conviction, plus de vigueur.
La main du visiteur détacha deux boutons de la veste.
Elle en sortit deux bouchons de cire qu'elle s'empressa de mettre aux oreilles.
La main du visité fit de même en puisant dans la poche de sa veste de prisonnier deux boules constituées de matières indéterminées.
Elle appuya fortement dans les oreilles afin de ne laisser aucun son y trouver une voie.
Puis, de son index, elle mit en marche le petit disque noir.
Dans un silence étourdissant, toutes les personnes présentes s'affalèrent comme des pantins privés de leurs fils.
Cela ressemblait à une danse grotesque, une pantomime tragi-comique.
Les deux hommes marchaient lentement mais sûrement.
Le bruissement du tissu atteignant le sol, le choc des corps rebondissant contre les murs, rien ne vint troubler

l'étrange cheminement des deux silhouettes.
Arrivées devant le premier gardien endormi, les deux mains du prisonnier lui serrèrent le cou et brisèrent sa colonne vertébrale, gratuitement avant de récupérer sa carte magnétique.
Elles ouvrirent ainsi plusieurs portes.
Sentant une présence, les deux hommes se retournèrent de concert !
Quelques prisonniers, sans doute atteints d'une surdité profonde, s'étaient massés derrière eux. Ils attendaient. Ils observaient.
Les deux hommes se regardèrent, se sourirent.
L'ultime porte, celle de la liberté, découvrit une lumière extérieure éclatante.
L'équipe de forbans s'y engouffra.
Le père et le fils Zinger en tête.

Chapitre 2 : Le rêve.

Après le départ de la petite assemblée, Franck s'était retrouvé en tête à tête avec Héléna. Le jour déclinait lentement ; il fut interminable.
Ils avaient fini de prendre un léger repas et s'étaient installés confortablement dans les fauteuils qui jouxtaient la cheminée.
Franck scrutait la photo avec une loupe. Il tentait d'en extraire l'ADN.
« Quatre jeunes gens, presque alignés… comme des militaires… mais… statufiés dans des positions assez incohérentes. Regarde. »
Héléna prit la photo ainsi que la loupe et sonda, à son tour, le tableau familial.
« Là, c'est ta grand-mère ?
— Oui… Et… Ici, mon père avec le bâillon sur les yeux juste à côté d'Origan Farius.
— Et ces deux autres jeunes gens ?
— J'ai peur de deviner…
— Zinger et Fergusson ?
— Tout à fait.
— Ils étaient donc des amis de ton père ?
— Il semblerait.
— Et ici… Qui sont ces deux hommes et cette femme ?
— Là… J'imagine que ce doit-être mon grand-père. Ce couple… Aucune idée. »
Il baissa la tête. Avant la guerre, tous les documents étaient numérisés, mais les ennemis, ayant effacé une grande partie du passé de chacun en utilisant des bombes électromagnétiques, plongèrent dans un désarroi presque

maladif beaucoup de familles en quête de racines. Héléna reprit :

« Donc, les trois meurtriers de ta mère connurent le manoir quand ils étaient adolescents !

— Cela fait écho aux propos de Zinger qui a avoué à Adila, lors de son interrogatoire, avoir, avec la complicité de Fergusson et Farius, ôté de l'équation ma grand-mère. Une policière apparemment persévérante et obstinée.

— Et on se demande de qui tu tiens ! »

Elle décocha cette réplique avec un petit sourire entendu.

« Cela explique aussi pourquoi ils poursuivaient mon père dans les bas-fonds. Ce qui reste un mystère pour moi c'est l'assassinat de ma mère. Pourquoi la tuer froidement ? Elle n'était pas une menace.

— Peut-être pour peser sur la décision de ton père.

— Je ne sais pas… Je suis certain qu'il y a autre chose. Une menace bien plus sombre… Tout tourne autour de cette maison. »

Il brassa l'air en montrant de sa main droite l'étendue du manoir. Elle regarda autour d'elle… eut un frisson en posant le regard sur les tableaux aux personnages inertes. Ces hommes et femmes vêtus à la mode des années 1880 semblaient si réels que l'espace en devenait irréel.

« Tu sais pourquoi j'ai choisi "Le double meurtre dans la rue Morgue" comme couverture du carnet rouge ? »

Héléna répondit négativement de la tête. Tête qui semblait lourde à présent. Lourde de fatigue et de soucis.

« Parce que depuis toujours on considère Poe comme le créateur du roman policier. Que le chevalier Dupin, le détective français, est un véritable génie ! Personnage qui est sans nul doute le précurseur de Sherlock Holmes. »

Il posa ses coudes sur ses cuisses et mit ses mains sur ses

genoux, les doigts croisés, comme en prière. La lassitude le dominait lentement.

« Et si on allait se coucher ? » proposa-t-elle.

— Tu as raison. Un peu de repos ne nous fera pas de mal. »

Il jeta la photo sur une table basse se trouvant aux abords des fauteuils et prit Héléna par la main.

Alors qu'ils gravissaient les premières marches de l'escalier, le téléphone sonna. Héléna jeta un regard suppliant vers Franck, mais ce dernier redescendit après lui avoir donné un petit baiser sur les lèvres. Il décrocha.

« Oui, allo ! … Oui, Adila, qu'est-ce qui se passe ? Quoi ??? » Héléna le regarda avec attention et surtout interrogation. « OK ! J'arrive tout de suite ! »

Il raccrocha et se retourna vers elle.

« Le fils Zinger a fait évader son père. Il a assassiné le responsable des scellés. Je dois y aller. »

Elle poussa un léger soupir.

Franck prit les clefs de voiture.

Avant de tirer la porte derrière lui.

« S'il te plait Héléna, ferme bien toutes les issues. Et surtout, tu n'ouvres à personne ! OK ? »

Elle se mordit la lèvre supérieure. Elle détestait se retrouver dans la peau d'une victime. Un peu d'orgueil et surtout beaucoup de finesse d'esprit parlaient pour elle. Elle n'était pas faite en verre.

Elle savait se défendre.

Mais, devant le tableau de son amoureux inquiet, elle approuva d'un signe de tête.

Il sortit rapidement.

Alors que le soleil baignait l'horizon de ses derniers rais

aux couleurs variables, Franck, au volant de sa voiture, luttait contre un sommeil ravageur en s'imposant des questions sans réponse immédiate. Comment avaient-ils pu être ainsi dominés ? Comment n'avait-il pas pu prévoir les actions de ces ordures ?

Ses paupières ne cessaient de se fermer et se rouvrir, de plus en plus lourdes. Soudain, au détour d'un virage, alors que la brume de nuit s'épaississait de ses vapeurs grisâtres, il aperçut une silhouette, au moment précis où il rouvrait les yeux. Il fit une légère embardée afin de l'éviter. Il freina sec et sortit prestement de son véhicule.

« Vous allez bien ? » cria-t-il. Mais la silhouette resta de marbre. Il s'approcha prudemment, la main sur la crosse de son arme, prêt à la sortir. Lorsqu'il fut à quelques centimètres d'elle, il se retrouva face à un vieil homme. Ce dernier le regardait fixement ; il s'approcha de Franck, la main tendue vers lui.

« Où est-elle ? » murmura-t-il !

— Comment ?

– Où est-elle ? »

Le vieil homme, vêtu de haillons, fonça sur Franck et lui saisit le bras...

Franck se réveilla tout à coup. Il s'était assoupi quelques secondes, suffisamment pour provoquer un accident ! Heureusement pour lui, à cette heure, peu de monde fréquentait ces routes très cahoteuses.

Il stoppa le véhicule ! Il s'enfonça dans le siège, respirant profondément, se remettant de cette double émotion ; l'apparition de ce personnage et le risque évident qu'il avait pris en conduisant avec une telle fatigue étaient les symptômes d'une personne envahie par l'épuisement physique et moral.

Il inspira et expira fort. Réfléchit. Passa le doigt sur l'oreille.
« Adila, c'est Franck !
— Oui, Franck, où es-tu ?
— Écoute, je suis mort de fatigue. Je vais au pénitencier. Toi, reste aux scellés.
— OK ! J'attends le juge Klébert ! Toi, tu auras affaire à la Gouverneuse !
— Formidable ! Merci pour le renseignement. Tu me tiens au courant.
— Bien sûr ! »
Ils raccrochèrent quasi simultanément.

Adila inspectait chaque détail des scellés. Le corps du policier en charge du lieu était toujours traité minutieusement et respectueusement par la scientifique. Il était isolé dans une bulle. Cette méthode avait été approuvée non seulement par la police, mais aussi par les experts. Cette bulle servait à conserver au maximum chaque particule, chaque indice, aussi minimes soient-ils. Adila, gantée et masquée, regardait attentivement les dossiers numérotés des preuves. Quatre grands livres étaient ouverts, mais à des dates totalement différentes. Elle était absorbée par son étude quand une voix de basse l'interpella.
« Détective-inspectrice M'Koumbé ! On ne se quitte plus, à ce que je vois ! »
Adila releva la tête. C'était le juge Klébert.
« Monsieur le juge !
— Alors, qu'avons-nous ?
— Eh bien, je vais tenter de vous soumettre un scénario qui me paraît le plus proche de la réalité. Un officier s'est

présenté. Il a demandé à voir des preuves pour une enquête. Quand le policier a proposé de signer le registre, l'officier a obtempéré. Ça, on le sait par les caméras de surveillance. Ensuite, lorsque ledit officier a passé la porte, il a dégainé son arme. A exigé plusieurs dossiers, qui sont là, sur le comptoir. Après avoir obéi à l'agresseur, le geôlier a dû se mettre à genoux et l'autre lui a tiré une balle dans la tête. Ensuite, il s'est éloigné quelques minutes et a réapparu pour sortir du lieu.

— Il n'y a pas de caméras dans la bibliothèque à preuves ?

— Non, aucune, Monsieur le Juge ! Afin de garder l'intégrité de chaque coffre.

— Mais qu'est-ce qu'il est venu faire ? Et qui est ce policier assassin ?

— Ça, Monsieur le Juge, je peux affirmer sans faire d'erreurs, c'est le fils Zinger. Il a signé d'un autre nom. Mais c'est lui. Quelques minutes plus tard, il a réussi le tour de force de faire évader son père.

— De quelle manière ? »

Adila le regarda droit dans les yeux.

« Il a volé quelque chose qui se trouve justement être un numéro de série avec le code numérique. Cette chose, Monsieur le Juge, c'est le disque du fameux "Faiseur de rêves".

« Le disque du "Faiseur de rêves" ? » demanda Franck au directeur de la prison.

« Je pense qu'il s'agit bien de ça, détective-inspecteur. Tout le monde s'est endormi. Tous, sauf une dizaine de détenus absents.

— Oui, le système forcément n'atteint pas les personnes touchées par une surdité ou une simple perte de l'ouïe !

— On les traque en ce moment, mais il semble qu'ils aient tous, ou à peu près, suivi les Zinger.
— Madame la Gouverneuse devait être là !
— Oui, elle est en chemin.
— Bon ! Je veux voir sa cellule.
— Bien entendu. Suivez-moi. »
Ils franchirent plusieurs portes. La garde doublée et tous les détenus derrière les barreaux.
« Nous avons eu de la chance. Les prisonniers auraient pu se réveiller avant les gardiens. Mais cela n'a pas été le cas. »
Franck ne fit qu'approuver de la tête.
« Pourquoi a-t-il tué ce malheureux garde ?
— Je pense qu'il devait faire partie de ses complices.
— Ses complices ?
— Oui, directeur, vous devriez mener une enquête dans la prison. Je suis certain que le père Zinger a fait des émules. »
Ils se firent ouvrir la geôle de Zinger. Tout était rangé, ordonné comme une chambrée d'un militaire encore en activité. Son lit était fait au carré. Tout était propre, d'une netteté totale. Pas un brin de poussière.
Sur son bureau, des papiers, des livres et au milieu de tout, un objet trônait !
Franck s'approcha. Il le prit.
« Zinger aimait jouer aux échecs avec Matteo Gallo. Où se trouve son jeu ?
— Je ne sais pas. Il a dû l'emporter. Pourquoi ?
— Parce qu'il lui manque une pièce !
— Laquelle ?
— Le cavalier blanc ! »

Le juge tourna la tête vers elle. Il fut sonné par la nouvelle.

« Qu'on multiplie les barrages et les interpellations. Deux évasions en 24 heures, de deux psychopathes, c'est beaucoup trop. »

Le policier, qui était à ses côtés, partit en courant afin de mettre en pratique ses ordres.

Adila regardait à nouveau les carnets où étaient inscrits les références des dossiers et les codes.

« Comment a-t-il su où trouver ? » demanda Klébert.

— Oh ! Avec la date de l'incarcération et la date d'enregistrement des pièces, il a vite compris. »

Quelque chose lui fit tourner la tête. Elle effleura son oreille.

« Allo ?

— Adila, c'est Franck. Est-ce que tu as mis la main sur un élément bizarre ?

— Un élément bizarre ?

— Oui, comme une pièce d'échiquier.

— Non.

— Ah ! ... »

Un temps de silence traduisait chez Franck une réflexion à travers le rideau de fatigue.

« Il a signé le registre ?

— Oui !

— Tu peux me donner le nom que le fils Zinger a écrit ?

— Oui, attends. »

Elle retourna le registre d'entrées et de sorties.

« Zöldlo ! Tamas Zöldlo.

— OK !

— Tu penses à quoi ?
— Je ne sais pas… Juste une intuition ? C'est du hongrois ?
— Franck, je suis nulle en langues. Je connais juste un peu l'ancien français, c'est tout.
— Bon ! On se rappelle ! »
Il raccrocha. Adila expliqua brièvement au juge la raison du coup de fil. Ce dernier, plongé dans ses songes, avait l'air de commencer à comprendre ce que ce nom induisait. Il sortit du lieu. « Détective-inspectrice ! » À l'extérieur, une valse de voitures des experts et des agents de police semblait interminable. Adila s'approcha de lui.
« Le nom que le fils Zinger a écrit… En hongrois, cela veut dire… »
Il ne put finir. Un trou noir crispa son visage et un jet de sang éclaboussa Adila laissant échapper un petit cri.
Le corps s'écroula comme vidé de sa substance.
Le juge Klébert gisait sur le trottoir, une balle dans la tête.

Chapitre 3 : La peur et le sang.

« À couvert ! » hurla Adila. À peine avait-elle eu le temps de donner cet ordre que trois policiers en faction tombèrent mortellement touchés.
Elle se planqua derrière une voiture. Les autres firent de même. Des passants, figés de peur quelques secondes, sortirent de leur torpeur. Voulant courir, ils s'écroulèrent les uns après les autres. Les coups de feu fusaient à une vitesse infernale. Les forces de l'ordre tentaient de répliquer, mais le ou les tireurs étaient visiblement bien cachés et surtout hors de portée des simples armes automatiques des officiers.
Adila ouvrit la portière de la voiture de police qui lui servait de bouclier. Elle décrocha la radio.
« À toutes les unités, je demande du renfort ! Bibliothèque des scellés. Je répète : à toutes les unités, je demande du renfort ! Bibliothèque des scellés. On nous tire dessus. »
Puis, raccrochant, elle se remit en position de tir, un genou à terre et surtout gardant le véhicule comme rempart.
Les larmes aux yeux, elle voyait tous ces jeunes bleus, hommes et femmes, s'écrouler dans une mare de sang.
De nouveaux véhicules arrivèrent en trombe. Leurs occupants en sortirent avec, cette fois-ci, des armes plus puissantes avec une portée plus importante.
Elle respira un bon coup. Ferma les yeux. Il fallait qu'elle se concentre. Son but était de dominer sa peur et de découvrir le point de tir. Elle releva la tête et vit enfin des lumières suivies de « bangs » assourdissants !
« Fusil d'assaut, dernière génération. Nos armes ne sont

pas aussi précises. » se dit-elle en son for intérieur. Le point de tir était à une centaine de mètres. Elle rampa vers une autre voiture derrière laquelle des officiers s'étaient blottis et tentaient de répliquer à la fusillade par une autre fusillade.

Dans le reflet des flaques rouges, on pouvait apercevoir les derniers rais orangés d'un ciel expurgé de tout nuage. À cette heure du jour où la nuit montrait ses premières couleurs, des hommes, des femmes et des enfants rentraient tranquillement chez eux ou allaient faire les courses. Ils se mirent à courir dans tous les sens en poussant des cris terribles ; certains s'affalaient raides morts ou blessés. D'autres eurent la chance de trouver refuge en se protégeant de la pluie de balles.

Arrivée au véhicule :

« Il va falloir donner tout ce que vous avez. Le tireur est sur le toit de la tour centrale. Qui est bon sprinteur ?

— Moi, je suis un excellent coureur ! » répondit un tout jeune policier.

— Officier, vous allez me suivre. Je sais que vous avez peur. Je suis morte de trouille aussi, mais… ce n'est vraiment pas le moment de fléchir. »

Il approuva de la tête. Ils se prirent les mains en se regardant, prirent une bonne respiration et se levèrent.

Franck et le directeur sortirent de la prison qui avait retrouvé un calme relatif. La Gouverneuse et son chef de cabinet venaient à peine d'arriver.

Quand Franck vit hors de la voiture la Gouverneuse habillée comme si elle allait à une fête de charité, il ne put réprimer un petit sourire ironique.

« Madame la Gouverneuse !
— Franck, on ne se quitte plus !
— Effectivement, Madame.
— Directeur, votre prison est une passoire !
— Je ne dirais pas ça… »
Il s'arrêta de parler.
Il fixait la Gouverneuse avec une attention presque gênante.
Franck reculant d'un pas.
Elle s'écroula.
L'arrière de son crâne n'était plus qu'un trou béant !
Puis, ce fut au tour du Directeur de fondre au sol.
Les deux gardes du corps de la Gouverneuse n'eurent pas le temps de dégainer qu'ils épousèrent la terre.
Franck plongea derrière la voiture.
« Arme de précision avec silencieux ! » marmonna-t-il.
Les gardes, témoins de ce double meurtre, enclenchèrent la sonnerie monotone d'une attaque ennemie. Certains sortirent, fusil d'assaut en main. Ils se mirent en position et répliquèrent avec, ce qu'ils pensaient, force et persuasion.
Franck, au milieu de cette grêle sinistre, en entendant le son lugubre de l'alarme, ne put réprimer son souvenir du premier voyage cérébral où lui-même était un fugitif.
Les balles ricochaient contre la voiture de la Gouverneuse. Elle était à l'épreuve des balles. À l'intérieur, le chef du cabinet se recroquevillait, terrassé par la peur.
Des gardiens, voulant mettre le corps du directeur et de la Gouverneuse à l'intérieur, furent terrassés par les abeilles de fer et de feu.
Les impacts étaient terrifiants.
Franck sortit de sa cachette quelques secondes afin de

riposter. Le bruit aigu des balles fendant l'air était presque surréaliste.

« Appelez des renforts ! cria-t-il ! Je n'ai pas de radio !
— C'est fait inspecteur ! Mais…
— Mais quoi ?
— Ils sont déjà en ville ! La bibliothèque des scellés est attaquée aussi.
— Merde ! »

Adila et la jeune recrue slalomaient.
Leur course était souvent interrompue par la nécessité de se mettre à couvert. Ils se regardaient toujours afin de coordonner leur interminable cheminement et de tenter d'abuser le ou les tireurs.
 De temps en temps, à l'abri d'une voiture ou d'un pilier, Adila regardait les voitures de police dont il ne restait que des carcasses trouées de toutes parts. Les officiers tiraient de toutes parts vers le toit.
« Il fait nuit, comment ils peuvent nous voir ? » hurla la jeune recrue.
– Lunettes infrarouges !!! »
Les projectiles crépitaient autour des deux coureurs.
Arrivés à une cinquantaine de mètres de la tour centrale, Adila vit le bleu tomber à terre dans un cri de douleur.
« Officier !!!
— Foncez ! J'ai pris une balle dans la jambe.
— N'essayez pas de bouger.
— Je n'essaie pas, je vous assure ! Foncez, inspecteur ! »
Adila sortit de derrière un camion et entra telle une furie dans la tour.

Franck pénétra dans la voiture blindée et démarra. Il braqua le volant. À l'arrière, le chef du cabinet, totalement exsangue, avala le peu de salive qui lui restait.
« Qu'est-ce que vous faites ?
— Vous ne voyez pas ! Je conduis !
— Vous fuyez dans une voiture gouvernementale ?
— Je ne fuis pas !
— Ah non ?
— Non !
— Qu'est-ce que vous faites, alors ?
— J'attaque. »
Il appuya sur la pédale de l'accélérateur et le véhicule devint un véritable bolide.
Les pneus firent valser les cailloux en jets disparates. Il avait pris quelques secondes pour se concentrer. Cette décision n'était pas mûrement réfléchie, mais était la seule option pour s'en sortir vivants !
Il déboula comme un forcené alors que les balles ricochaient sur le véhicule blindé. Cependant, à force de tirer au même endroit, une balle put trouver son chemin dans la berline atteignant au sternum le chef du cabinet. Ce dernier poussa un petit cri aigu et un afflux de sang jaillit intempestivement de sa bouche.
Dans le rétroviseur intérieur, Franck vit le pauvre homme partir dans un râle.
Il freina sec, ouvrit la portière. Puis, se faufila derrière elle. Enfin, plongea littéralement derrière un énorme rocher.
Les tirs s'étaient tus !
Il réfléchit sur la méthode employée.
Il harponna des deux mains son pistolet automatique.
Contourna le rocher.

Lorsqu'il en sortit, l'arme pointée vers le lieu des tirs, il ne vit rien.
La nuit était à cette heure ténébreuse.
Il se remit derrière le roc.
Marcha sur ses propres pas et rentra dans le véhicule.
Il éclaira les phares.
Ferma la portière, mais baissa la vitre.
Il démarra et roula au pas.
Passa sa main armée par la vitre ouverte.
Les roues stoppèrent.
La portière se rouvrit.
Franck passa la tête.
Il épousa du regard tout le terrain.
Le vide absolu.
Seules les douilles luisaient.
Il prit sa lampe torche accrochée à sa ceinture.
Il promena le faisceau et aperçut, au centre d'un périmètre délimité par avance, un rouleau.
Il l'ouvrit.

Adila prit l'ascenseur pour monter sur le toit.
Mais son instinct lui susurra de sortir au dernier étage et non directement sur le toit.
La double porte s'ouvrit sur un couloir désert.
Elle bondit hors de la cabine, le cœur battant à tout rompre.
Son arme pointait un vide presque aussi terrifiant que les tirs échangés.
Une petite fille entrouvrit une porte. Adila mit son index sur la bouche. « Rentre vite. Ne sors surtout pas. »
La petite fille rentra aussitôt chez elle.
À travers la porte, la policière entendit la voix d'une

adulte gronder assez fort.
Adila ouvrit d'un coup l'issue de secours et dirigea le bout du canon vers le haut de l'escalier.
Personne !
Lentement, au rythme de ses pulsations cardiaques, elle s'acheminait vers la dernière porte… celle donnant sur le toit.
Elle n'entendait plus rien.
« Le calme avant la tempête ? » se demanda-t-elle.
Elle gravissait, sentant son corps devenir de plus en plus lourd.
Dernière marche.
La main sur la poignée.
Ouverture intempestive.
Position de tir.
Lampe torche dans la position phare.
Ses yeux balayèrent l'espace, accompagnés de son arme.
Les trois ne faisaient qu'un !
Le toit était vide.
Plus personne.
Elle s'approcha du point de tir.
Des centaines de douilles jonchaient le sol.

Dans ces lieux de peur et de sang, le silence !

Chapitre 4: Sous-sol.

La porte d'entrée du manoir nain s'ouvrit avec un tel fracas qu'Héléna, surprise dans son sommeil, ignorante de tous les événements dramatiques, descendit les marches, une arme à la main.
Elle passa en revue les différentes salles, n'oubliant pas chaque fois d'éclairer les lieux comme lui avait indiqué Franck et n'omettant pas non plus d'éviter les sempiternels « Il y a quelqu'un ? ». Franck lui avait expliqué que cela ne servait à rien ; mieux valait garder son calme et le silence.
Elle entendit un bruit dans le salon.
Elle y entra, l'arme dirigée vers la personne qui se trouvait de dos. Cette dernière se retourna.
« Franck ! Tu m'as fait peur ! »
Elle baissa son arme. Elle voyait que quelque chose n'allait pas. Son fiancé était épuisé certes, mais elle sentait bien que le rouge de ses yeux n'était rien d'autre que des larmes.
« Qu'est-ce qui se passe ?
— Héléna, je craignais pour toi. Je suis désolé de t'avoir réveillée.
— Peur ? Peur pour quoi ?
— On a essuyé des tirs. C'était un double piège. La prison et la bibliothèque des scellés.
— Il y a eu des blessés ?
— Des dizaines… de morts ! Héléna. C'était horrible ! »
Il se mit à pleurer à chaudes larmes.
« Des enfants, Héléna. Ils ont tiré sur des enfants… Dans la rue… Adila y était !
— Elle va bien ?

— Oui… Elle… Elle n'a pas été blessée. Et… Pour moi, il n'y a pas de logique !

— Qu'est-ce qui n'est pas logique ?

— Ils auraient pu nous tuer sans problème. Pourquoi nous ont-ils gardés en vie ? Leur quête est terminée ; ils ont obtenu leur saint Graal ! Ils sont introuvables. Pourquoi prendre ce risque ?

— Ils jouent avec tes nerfs, Franck ! Et ils y arrivent très bien. Il faut que tu te reposes. Que tu dormes. Mon amour, ils n'ont pas besoin de te tuer. Ils te font douter de toi. Et c'est ce qui est pire chez un policier de ton envergure. Quant à Adila, elle doit certainement jouer un personnage dans ce scénario et ils en ont besoin… pour le moment. »

Franck la regarda avec émotion et admiration. Il ne doutait pas de son intelligence ni de son amour, mais cette empathie qu'elle possédait pour les autres était une arme qu'il avait du mal à cerner. Lui ne faisait confiance en personne. Sauf en elle et en Adila.

Il souffla.

Puis, la prenant dans ses bras, il ferma les yeux quelques secondes.

Tout à coup, il les rouvrit. Avec une flamme nouvelle.

Il se retourna et fonça vers la cheminée.

Au-dessus, il y avait le cavalier noir de son jeu d'échecs.

« Héléna, c'est toi qui l'as déplacé ?

— Non ! … Ce n'est pas toi ? »

Il fit « non » de la tête et de son index sur la bouche, il fit comprendre que le silence était de mise. Il s'approcha d'elle, la plaqua contre lui et se mit à chuchoter.

« Écoute-moi, quelqu'un est entré pendant que tu dormais.

— Com… Comment cette personne a-t-elle pu entrer ?

— Je ne vois qu'une voie. Le passage secret. »
Il prit son arme, elle reprit la sienne. De salle en salle, du rez-de-chaussée au premier étage, ils passèrent en revue chaque parcelle du manoir. Arrivés devant la chambre, Franck se plaça devant Héléna avec une attitude décidée qu'elle n'avait plus vue chez lui depuis quelque temps.
« Héléna, enferme-toi dans la chambre, j'ai besoin de me retrouver seul, faire le point ; comme je l'ai toujours fait quand je vivais seul. De ton côté, appelle Adila et dis-lui de venir rapidement accompagnée d'au moins quatre officiers.
— Tu comptes descendre dans le sous-sol ? C'est ça ?
— Oui, mais pas seul. Farius s'attend à ce que j'y aille en loup solitaire. Comme je l'ai toujours fait. Mais il n'a pas pris en compte l'inconnue dans son équation !
— Laquelle ?
— Toi, mon amour. »
Il l'embrassa tendrement.
Revenu dans le salon, Franck rengaina son arme, se versa de l'eau dans un verre et le but d'un trait. Il s'assit en pointe de chaise. Il prit dans la poche de son pantalon, le papier trouvé sur les lieux du crime. Il ne l'avait pas déposé aux scellés, persuadé que ce document lui était purement adressé. Il scruta le dessin qui trônait en plein milieu.
Puis, le replia.
Le replaça dans sa poche…
Ferma les yeux.
Il repassa en détail tous les événements qui s'étaient déroulés depuis 24 heures.
Il n'arrivait pas à occulter le fait d'avoir égaré son jugement en cours de route. Il inspira, expira. Inspira,

expira. Sans le vouloir, lentement, il glissa dans un demi-sommeil.

Le vieil homme était sur la route. Il tenait un objet dans sa main. Un tube en métal. Ouvragé dans son embout. Il s'approcha de Franck. « Où est-elle ? Où est-elle ? » répéta-t-il de sa voix grasse. Il tendit la main et la posa sur le bras de Franck.

Il se réveilla aussi vite. C'était Héléna. « Franck, Adila et les autres policiers sont là. » Il se frotta les yeux et se leva aussi vite. Il n'avait pas l'intention de parler de ce nouveau personnage issu de ses rêves.

Pas encore du moins.

Il regarda les officiers et plongea dans les bras d'Adila. « Comment vas-tu, coéquipière ? » Adila fut surprise par cette amicale étreinte. Héléna n'en fut pas jalouse, mais voir son amoureux dans les bras d'une autre, lui provoqua, malgré elle, un pincement au cœur.

« Ça va, Franck. Ça a été l'horreur pour toi aussi… Tu sais que l'on va devoir faire un rapport. Et qu'il ira directement entre les mains du nouveau Gouverneur.

— Adila, plus tard. La paperasse peut attendre. J'ai l'intuition que tout ce qu'on a vécu ce soir n'est qu'un préambule. »

Il se tourna vers les jeunes policiers. Deux hommes, deux femmes. La parité dans sa plus belle expression.

« Je vois que vous êtes bien armés ! » Ils avaient deux pistolets au ceinturon et un fusil d'assaut dans le dos.

— Héléna, tu restes là. Quand nous serons descendus, tu placeras le gros fauteuil sur la trappe et tu t'y assiéras. Si tu entends trois coups suivis de deux, c'est que c'est nous. OK ? »

Héléna acquiesça avec une petite moue désapprobatrice

laissant apparaitre une fossette sous sa lèvre inférieure. Cette image fit sourire Franck.
Il tourna la chauve-souris et l'ouverture vit le jour.
Ils descendirent et Héléna referma derrière eux. Ils entendirent le son d'un fauteuil que l'on traîne et le bruit sourd de ce dernier posé face à la seule issue.
Ils éclairèrent leur lampe torche. Le couloir était toujours aussi sombre et angoissant.
« Il mène jusqu'où ? » demanda un bleu.
— Je ne suis jamais allé jusqu'au bout. Je l'ignore totalement. »
Ils marchèrent un moment dans un silence éprouvant. Adila n'avait pas eu le temps ni de se reposer un moment ni de se changer. Elle avait l'impression de sentir la transpiration et pour elle, c'était quelque chose d'impensable. De plus, elle avait des taches de sang un peu partout. Elle était à la fois gênée et vannée.
Arrivés au niveau du gouffre, Franck fit une découverte totalement inattendue. Une échelle de corde descendait dans les profondeurs. Il se souvint de son voyage mental à la poursuite de Farius. Naturellement, il songea tout de suite à un piège. Mais Farius et ses sbires ignoraient que Franck demanderait de l'aide. Et ça, c'était nouveau ! Il plongea son regard dans les profondeurs obscures, réfléchit un instant.
« Qu'est-ce que tu veux qu'on fasse ?
— Prends deux officiers avec toi et va le plus loin que tu peux. Si tu trouves une sortie, reviens illico presto me prévenir. Ne t'aventure pas plus avant.
— Et toi ?
— Nous ? On va descendre. »
Il se tourna vers deux officiers. Ces derniers se penchèrent

un peu vers le trou béant, se regardèrent et avalèrent leur salive.

« Allons, ne vous inquiétez pas. Si je sens qu'il y a le moindre danger, on remonte. Je ne vais pas vous faire prendre des risques inutiles. »

Ils hochèrent la tête.

Le groupe d'Adila partit en avant. Franck passa le premier sur l'échelle.

Depuis une semaine qu'il vivait dans le manoir, il n'avait jamais eu le temps ni même l'envie de plonger dans les abîmes ! Là, il n'avait plus le choix.

Arrivés tout en bas, ils mirent leur lampe torche en position « Phare » l'obscurité étant totale. Cette graduation luminescente était rarement utilisée, car elle consommait beaucoup de batterie. Mais là, il était impossible de faire autrement. Ils avancèrent avec beaucoup d'hésitations. Franck éclairait surtout le sol. Il cherchait des ossements, des bouts de vêtements. Et au bout de quelques mètres, il tomba net sur un corps. Assez bien conservé du fait de l'humidité et de la fraîcheur qui régnaient dans ces profondeurs. Il mit un genou à terre. « Qui est-ce ? » demanda la jeune officière. « Mon père ! » répondit simplement Franck. Les deux bleus échangèrent subrepticement un regard. « Une longue histoire ! » conclut-il avec un petit sourire empreint d'une certaine émotion.

Ils se remirent en marche.

Baladant leur faisceau, les trois policiers scrutaient ce qu'il était possible de voir.

Et soudainement, un tableau épouvantable. Quatre corps, allongés les uns sur les autres, totalement exsangues, barraient leur route. Ils tâtèrent leur cou afin de trouver la

moindre pulsation.
Mais rien !
Ils étaient face à quatre cadavres.
Revenus au premier niveau, ils attendirent le retour du groupe d'Adila.
Quand enfin ils se retrouvèrent, Franck expliqua la situation aux autres.
« Et vous, vous avez trouvé une sortie ? »
Adila acquiesça.
« Oui, elle donne dans le sous-bois. Mais à cette heure de la nuit, on ne voit rien. J'y retournerai demain afin de trouver des indices. »
Arrivés au niveau de la trappe, Franck toqua le signal. Héléna tira le fauteuil et les libéra de l'antre.
Quelques minutes plus tard, des fourgons mortuaires et des experts étaient sur place. François, le chef médecin légiste, vint au-devant de Franck.
« On ne chôme pas ce soir, détective.
— À qui le dites-vous !
— On vient de remonter le dernier corps.
— D'après vous, ils sont morts de quoi ? Ils n'avaient aucune blessure apparente.
— Grande perte de graisse et de masse musculaire. Apparemment, carences en vitamines. J'en saurai plus après l'autopsie.
— Mais, vous ! Votre intime conviction ?
— La médecine est une science. L'intime conviction n'est pas une donnée à prendre en compte. Mais… d'après moi…
— Oui ?
— Je dirai que ces personnes sont mortes de faim. »

Chapitre 5 : La famille.

Le lendemain de cette nuit épouvantable, après avoir passé quelques heures d'un sommeil perturbé, Franck se leva avec une vitalité étonnante. Le manoir était devenu une scène de crime, le couple était allé s'installer chez Héléna dans son loft. Ce dernier faisait partie de ces appartements dans une tour créée par un architecte de génie. Elle était de forme circulaire et bénéficiait d'appartements montés sur plateau tournant. Ce qui permettait d'avoir une vue changeante durant la journée. On pouvait l'avoir sur la forêt, sur les parcs ou sur les rues peu populeuses, mais vivantes. Le centre de gravité étant au sous-sol, les plaques tournantes étaient remarquablement stables, ce qui rendait la rotation linéaire et sans accrocs ni secousses. Le moteur étant à l'extérieur du bloc et totalement hermétique permettait aussi de créer un silence total au sein de l'immeuble, mais aussi dans la rue.
Les villes n'étaient pas surpeuplées. Vingt ans auparavant, l'Ultime Guerre avait fait des millions de victimes. Et après ce drame, toutes formes de pollutions avaient été proscrites.
Les rues étaient donc en général pleines, mais pas ce matin-là.
La population au fait du double drame avait préféré réfréner leurs déplacements.
Frank, tout en s'habillant, observait à travers l'immense baie vitrée, le vide de l'espace public.
Héléna l'observa un instant, les yeux mi-clos.
« D'où tires-tu cette énergie ? » demanda-t-elle, la bouche

un peu pâteuse. Franck sourit tendrement, se pencha et l'embrassa tendrement.

« Tu vas au débriefing ?
— Non !
— Quoi ?
— Non, je les ai prévenus. J'irai plus tard. Ils savent qu'en général, il faut me laisser travailler comme je l'entends ; je vais plus vite.
— Le loup solitaire se réveille ?
— Au contraire, c'est le moment de créer une nouvelle équipe !
— Qui ?
— Ma famille.
— Ta famille ?
— Oui, ma famille d'adoption. Je n'ai pas cessé de réfléchir, de ressasser tout ça. Et je pense que certaines réponses se trouvent chez mes parents.
— Tu as réussi à dormir un peu, quand même ?
— J'ai encore fait ce rêve.
— Quel rêve ?
— Un vieil homme… que je n'ai jamais vu ! Il s'approche de moi et me pose juste une question : "Où est-elle ?"
— Où est qui ?
— Justement, je l'ignore. Ça a commencé… »
Il se tut ne voulant pas avouer qu'il avait failli s'endormir au volant.

« Laisse tomber ! On en reparlera. J'y vais.
— Et toi, qu'est-ce que tu vas faire ?
— J'ai du travail en cours. Quelque chose qui va peut-être pouvoir t'aider… Ne me demande pas ; je ne te dirai rien pour le moment ! Tu les embrasses très fort de ma

part ».
Il lui sourit, mit ses chaussures et avant de s'en aller, ne put s'empêcher de dire :
« Héléna, sois prudente ! Très prudente ! »

Il était huit heures passées de quelques minutes quand il sonna à la porte de la famille Horvarth. C'est sa mère qui lui ouvrit ! « Franck ! » Et avec une joie sublimée par un sourire éclatant, elle le prit dans ses bras !
« Mon petit ! On allait t'appeler ! On vient d'apprendre ce qui s'est passé cette nuit ! Tu vas bien ?
— Oui, maman, ne t'inquiète pas. Je vais très bien ! Heu… Je peux entrer ?
— Mais que tu es bête ! Quelle question ! »
Et elle ponctua ces mots par deux petits coups sur le bras. Des petits coups tendres, mais vigoureux. Il reconnut bien là cette manière à la fois amicale et vigoureuse d'accueillir les personnes aimées.
« Tu as petit-déjeuné ?
— Non, pas encore !
— Ah ! Alors, c'est très bien ! Tu vas manger en famille, pour une fois. »
Quand il entra dans la cuisine, il embrassa son père Tamas et ses deux sœurs Abigèl et Agota, aussi rousse l'une que l'autre. Sa mère, Aletta, mit un bol, une assiette et tout un assortiment de fromages, de charcuteries et de brioches. Une fois assis, Franck sentit les bras de sa mère en train de lui mettre sa serviette autour du cou.
« Maman, j'ai trente ans, je peux mettre ma serviette tout seul, tu sais… Je suis grand ! »
Il fit un clin d'œil à ses frangines. C'étaient les filles naturelles du couple. Elles sont nées des années après

l'adoption de Franck. Tamas et Aletta pensaient ne pas pouvoir avoir d'enfants, mais… Une dizaine d'années plus tard, les jumelles arrivèrent sans tambour ni trompette ! Abigèl, la plus espiègle des deux demanda :
« Pourquoi Héléna n'est pas avec toi ? Je l'adore.
— Elle avait du travail. Elle vous embrasse trèèèèès fort !!! »
Ils se mirent à rire. Cela faisait du bien de se retrouver dans un cadre normal. Dans un foyer où transpiraient la tendresse et le bonheur.
« Alors fiston ! Qu'est-ce qui t'amène ?
— Quoi ? Je ne peux pas rendre visite à ma famille… sans buts ? »
Tout le monde éclata de rire.
« Non, mon fils ! Chaque fois que tu viens, c'est que tu as besoin de nous ! »
Franck arbora un sourire franc et jovial. Il attaqua le pain et le fromage.
« C'est pas faux, papa. »
Tout en mangeant, il sortit de sa poche une mini tablette dans laquelle se trouvait le trombinoscope des prisonniers.
« Tout d'abord, est-ce que vous avez déjà vu un de ces trois hommes ? Je veux dire, quand j'étais gosse, l'un d'entre eux est venu ici ? »
Ils regardèrent à tour de rôle les visages. Chacun hochant la tête pour signifier la négative. Sauf, Aletta, mettant son index sur une des photos, parut le reconnaître :
« Il me semble que celui-ci est venu… Mais ça fait des années… Je ne suis pas sûre ! Lui, tout le monde le connait, c'est le tueur en série que tu avais arrêté et qui a pris la fuite… C'est ça ?

— Origan Farius, oui, c'est ça !
— Et alors, lui, c'est qui ?
— Lui, c'est son complice, Harold Fergusson, qui a, entre autres, assassiné ma mère. Tu ne te souviens vraiment pas de ce qu'il voulait ?
— Non… Il me semble bien qu'il s'était présenté comme un membre de l'assistance qui t'avait placé chez nous. Si… Je me rappelle maintenant une question qu'il n'arrêtait pas de poser !
— À savoir ?
— Si tu avais retrouvé la mémoire. »
Franck hocha la tête. Cette nouvelle information ne fit que confirmer tout ce qu'il avait pu imaginer de cette affaire.
« Papa, est-ce que le nom de Zöldlo te dit quelque chose ?
— Non… Si on devait le traduire littéralement cela veut dire cheval vert.
— Tu en es sûr ?
— Fiston, je n'ai pas oublié mes origines hongroises… Même si la Hongrie n'existe plus.
— Je savais que le choix de ce nom n'était pas fortuit. »
Il se tourna vers une de ses sœurs.
« Agota ! Tu es toujours à l'école des Arts ? Regarde ce dessin… Tu peux me dire ce que c'est ? »
Il sortit de sa poche, tout en avalant un peu de café, le papier trouvé sur les lieux de la fusillade.
« C'est un dragon rouge…
— C'est tout ?
— Heu… Oui ! On l'appelle aussi Cheval Dragon ! On a appris en Histoire des Arts l'importance du Dragon à travers les âges et les contrées.
— Cheval dragon rouge ? OK »
Franck se mit à réfléchir. Tout à coup, il eut comme une

illumination. Il reprit la tablette, tourna rapidement tous les portraits et passa à la photo du manoir nain avec le tableau familial étrange.

« Agota, si je te dis, un cheval blanc, un cheval rouge, un cheval noir et un cheval vert ? Qu'est-ce que ça t'évoque ?

— Facile ! Les quatre cavaliers de l'Apocalypse ! »

En entendant ces mots, il réalisa que les quatre jeunes adolescents étaient habillés aux couleurs des cavaliers ; Fergusson en blanc, Zinger en rouge, Farius en vert et son père en noir... Avec un bandeau sur les yeux. Agota ouvrit sa propre tablette et chercha la gravure de Dürer. Elle la mit à côté de la photo de Franck afin de faire la comparaison.

« Tu vois, là, le jeune homme en noir qui a les yeux bandés représente la balance. Comme celle de la justice dont on couvre les yeux afin qu'elle soit plus juste. Lui, en rouge, a tout à fait l'attitude d'un homme brandissant une épée, le blanc, un arc et le vert, une faux !

— Tu peux traduire pour un profane ?

— C'est simple ! Le blanc représente la puissance, la gloire, l'arc va l'aider à conquérir, à dominer ! Le rouge est le symbole du sang et de la violence et son épée est l'instrument parfait en temps de guerre... enfin de l'époque. Le vert ou encore cheval blême est l'image de la peur ; et la faux est l'instrument par extension, dans la pensée collective, de la Mort ! Le noir, c'est le manque... La balance définit cet équilibre précaire dans lequel le monde vit. Et quand on est en surpopulation, que fait-on ? On crée des guerres, des maladies et...

— La famine ! interrompit Franck.

— Exactement. Apparemment, ton père pensait que la balance était la notion de justice... Donc, pour rendre la justice, il a dû ou il devait affamer quelqu'un.

— C'est l'horreur. » Osa Tamas, totalement à l'écoute d'Agota. Cette dernière reprit :

« Les quatre cavaliers de l'Apocalypse sont des personnages issus d'une ancienne religion. Ce qu'on appelait alors le Nouveau Testament. On dit que dans les premières écritures, il n'y avait qu'un seul cavalier. Le Jésus de l'ancienne religion chrétienne. Mais pour d'obscures raisons, qui me dépassent un peu, je l'avoue, l'entité s'est démultipliée en quatre. Ces êtres étaient considérés comme… disons presque divins, mystérieux… le terme adéquat est céleste. De nombreuses iconographies nous montrent à quel point l'évolution de la pensée est intrinsèquement liée aux croyances. Ce qui a eu un effet sur la méthode utilisée dans la représentation graphique, picturale, de cet événement. Jusqu'à Dürer, les quatre cavaliers n'étaient jamais montrés en ligne. Ils agissaient séparément et surtout successivement. Alors qu'Albrecht Dürer les dépeint pour la première fois comme des entités travaillant de concert.

— C'est exactement, ce qui s'est produit cette nuit ! Le cavalier blanc a réussi à s'échapper et à reconquérir sa liberté, le cavalier vert a massacré des dizaines de personnes, dont des enfants et des jeunes policiers, provoquant la peur dans tout un quartier de la ville, le cavalier rouge a tué de sang-froid la Gouverneuse, ses gardes du corps, des sentinelles et le chef du cabinet et le cavalier noir a déposé dans les profondeurs du manoir, quatre cadavres, tous morts de faim. Tout cela coordonné et sans anicroches. »

Plus personne ne mangeait. Chacun prenant la mesure de la tragédie qui se jouait. Franck passa ses mains dans ses cheveux. Il venait de comprendre enfin la phrase de Farius : « À l'aune de la connaissance de l'art pictural, la face cachée est la vérité. Tout le reste n'est que silence ! » Ce n'était pas du tableau représentant la jeune fille dont il s'agissait… La face cachée EST la photo des quatre cavaliers de l'Apocalypse. Et la connaissance de l'Art Pictural EST l'Histoire du tableau de Dürer… Le silence EST le calme après la terrible tempête. Tout prit son sens. Mais Franck ne se rendait pas compte que tout cela était dans sa tête et que sa famille le regardait avec empressement. Le père brisa le premier ce silence éprouvant.

« Pourquoi ont-ils fait ça ? Enfin, quel rapport y a-t-il entre un tueur en série de jeunes femmes et un massacre organisé ?

— Les femmes assassinées n'étaient qu'un leurre. Tout comme le choix du nom hongrois, Zöldlo. Farius, connaissant tes origines, savait que je viendrais te voir… Mais pas pour traduire le nom… Non… Ça, c'était… C'était facultatif… Non… C'était pour que toi, sœurette, tu m'ouvres l'esprit sur ce qu'ils ont en tête.

— Et c'est quoi ? Qu'ont-ils donc en tête ? demanda nerveusement sa mère.

— Lever une armée et créer le chaos ! »

Chapitre 6 : L'arbre qui cache la forêt.

Franck arriva vers les dix heures au commissariat central. Le débriefing était prévu pour 9 : 30, mais son retard serait compensé par ce qu'il rapportait. Avant de partir de chez ses parents adoptifs, il les avait bien mis en garde : de bien surveiller s'ils n'étaient pas suivis et surtout de bien fermer leur porte à clef quand ils étaient à la maison. Autour de la table de réunion se tenaient le Haut-Commissaire, Althéa Deshayes, la cheffe de la police, un juge fédéral, quelques policiers gradés, la patronne de la Haute Commission Fédérale d'Investigations, communément la HCFI et enfin Adila.
À son introduction, toutes les têtes s'étaient retournées vers la porte. Le Haut-Commissaire l'invectivant sans retenue.
« Qu'est-ce que vous foutiez, Djorak ? 9 : 30, c'est 9 : 30 ! On doit être à l'heure, surtout en ce moment, avec tout ce bordel ! »
Franck laissa courir ! Le jargon du Haut-Commissaire était connu pour fleurir le bas niveau des jardins publics.
« Alors ? Vous voulez répondre quoi ? Putain ! »
L'homme était cramoisi et sa rage empestait le parfum que sa femme avait dû acheter dans une brocante.
« Toutes mes excuses à vous toutes et tous, mais il me fallait passer urgemment par un endroit… très important !
— Peut-on savoir quel endroit ? Afin d'évaluer l'importance de ce lieu et excuser votre retard inacceptable ! »
C'était la patronne de la Haute Commission Fédérale d'Investigations qui, posant la question de manière aussi

ironique que déplacée, prenait de haut toute l'assemblée. Franck ne put réprimer un petit rire moqueur. Adila plaça sa main en visière pour cacher, elle aussi, un rictus face à ces deux incapables dont les aptitudes étaient plus que douteuses. Le juge fédéral prit alors la parole :
« Je crois que nous devons finir avec cette diatribe. Arrêtons les sarcasmes et venons-en aux faits. Le Gouverneur adjoint, qui a pris ses fonctions ce matin, assurant l'intérim, nous demande une réactivité efficace et une communion parfaite dans le travail que nous devons accomplir.
— Je suis d'accord avec vous, Monsieur le Juge ! ajouta la cheffe de la police. N'oublions pas que nous avons eu des centaines de blessés et des dizaines de morts. Montrons-leur un peu de respect par notre compassion et surtout par notre professionnalisme. De plus, Franck est le meilleur détective-inspecteur de toutes les divisions fédérales confondues. Alors, écoutons ce qu'il a à nous dire.
— Merci Chef ! »
Il avança enfin vers la table et posa sa tablette. Il regarda Adila. Elle lui fit un petit signe de tête.
« Ce que je vais vous annoncer ne va pas vous plaire. Mais tout ce qui sortira de ma bouche est vrai ! Totalement et irréfutablement ! »
Les tensions s'apaisant lentement, chacun porta toute son attention à la narration des faits. De l'évasion de Zinger à la découverte des cadavres. Les rapports oraux d'Adila et de Franck créèrent un sentiment bouleversant d'impuissance et d'incompréhensions.
Vint aussi, inéluctablement, le moment durant lequel Franck avoua être passé chez ses parents adoptifs.

Là, à cet instant, toute la nervosité et l'agressivité des sanguins reprirent du poil de la bête. Cependant, par ses explications simples, efficaces et surtout documentées, Franck put calmer leur feu intérieur et surtout ouvrir leur esprit sur un réel danger.

« Une armée, dites-vous ? s'étonna la cheffe de la police. Mais par quels moyens ?

— Ils ont déjà quelques prisonniers avec eux. Mais en nombre peu suffisant. expliqua Adila.

— Je vous arrête Adila, les prisonniers qui avaient profité de l'occasion ont tous été retrouvés. Deux sont morts ce matin, très tôt. Les forces de l'ordre ont bouclé les autres assez facilement. Ils n'étaient pas nombreux comme vous disiez. »

La cheffe de la police était fière de pouvoir apporter sa contribution.

« Ça, c'est une bonne nouvelle. » répondit Adila.

Répondit Adila. Franck ajouta :

« Je trouvais bizarre aussi que Farius et sa bande de fous furieux s'encombrent de sourds et d'incompétents. L'armement utilisé hier démontre bien leur capacité à réagir avec méthode et connaissance du terrain. Des prisonniers handicapés auraient été un fardeau pour eux. Je suis même étonné qu'ils les aient laissés libres et en vie… Peut-être pour nous faire perdre notre temps à les chercher.

— Alors… Quoi ? Vous parliez d'une armée ! Ils vont les chier ces putains de soldats ?

— Non, Haut-Commissaire. Je ne sais pas encore comment ils vont faire, mais je suis certain que les attaques de cette nuit étaient une première vague. La seconde sera certainement plus insidieuse et la troisième plus dévastatrice. »

À cette annonce, chacun alla de son commentaire. « Farfelu, fabulateur, fou… » Seule Althéa restait confiante envers le jugement de Franck. Elle se tourna vers Adila.

« inspectrice M'Koumbé, que pensez-vous des dires de votre collègue. Croyez-vous, en votre âme et conscience que ces… ces hommes pourraient être les instigateurs de… "la fin du monde" ?

— Cheffe, je connais Franck depuis dix ans. Son interprétation des faits, si incroyable, si… inimaginable qu'elle puisse être, est toujours, je dis bien toujours, vraie ! Il ne se trompe jamais.

— Presque ! Merci, Adila, mais ce que tu dis n'est pas vraiment juste. Farius me manipule depuis le début… J'ai trouvé les indices qu'il a bien voulu me laisser…

— Je ne parlais pas que de cette affaire Franck. Tu en as résolu d'autres, tout aussi difficiles. Dont "Le faiseur de rêves !"

— Pas si complexes, Adila. Mais, si je peux me permettre… Ces derniers jours ont été… comment dire… désarmants… déroutants pour mon esprit toujours en marche. Je n'arrivais même plus croire à mes médiocres capacités. Cependant… contre toute attente, ces dernières heures ont été bénéfiques et m'ont enfin… éclairé. Je vais essayer de mettre à profit cette lueur ! Avant qu'elle ne disparaisse. Bref… Avant toute chose, il faut comprendre et surtout appréhender la pensée de Farius ! Car n'en doutons pas… Même si ses complices sont intelligents, instinctifs, Farius EST la tête pensante. Le moteur de cette machinerie. S'il vous mène vers la droite, ne pensez pas le trouver là. Ni même à gauche… Mais DEVANT vous

ou… DERRIÈRE vous. Il a cette capacité à nous déplacer comme des pions et nous acculer à des bastions de fortune. Je disais donc que ces deux actes de violence, si cruels et paraissant si gratuits, ne sont qu'une seule et même vague. C'est l'attaque des Quatre Cavaliers de l'Apocalypse. Une coordination parfaite et une opportunité de génie. Un génie du mal, bien entendu, mais un génie tout de même. N'omettons pas un détail qui n'en est pas un : ce sont des anciens soldats. Ils connaissent les protocoles ; la mort du juge Klébert et de la Gouverneuse en est une preuve concrète. Il n'y a aucun hasard à tout ce qui a été ou sera fait. » Il respira un bon coup. Regarda Adila puis reprit.
« La détective-inspectrice Adila M'Koumbé a été héroïque cette nuit. Elle a foncé vers la mitraille. Aucune balle ne l'a atteinte. Et moi non plus… On ne m'a infligé aucune blessure. Pourquoi, me demanderez-vous ? Le fruit de notre professionnalisme ou une chance inouïe ? Ou un impalpable calcul de leur part ? À cette heure, je n'en ai aucune idée. Cependant, je pense que Farius nous prépare un festin plus indigeste. Je vous l'ai déjà dit ! Nous sommes dans un échiquier et… »
Au moment où il allait continuer, Franck se figea. Il se retourna d'un coup, tournant le dos à tout le monde. Mit sa main sur sa bouche et expulsa un soupir retenu par la paume.
« Franck, ça va ? Tu vas bien ?
— Adila… Je l'ai dit ! Je l'ai dit, mais je n'en tenais pas compte… Lorsqu'il vous montre le chemin de droite… Regardez devant vous ou derrière… »
Il tapa ses deux mains l'une contre l'autre, les mettant devant ses lèvres.
« Ce… ce n'était encore une fois qu'un leurre… un arbre

qui cache la forêt. Comme jusqu'à présent il m'a tenu en laisse, Farius s'est contenté de se jouer de moi ! La légende des quatre cavaliers de l'Apocalypse n'est qu'une lecture facile ! Un moyen pratique de faire passer la pilule. N'importe qui aurait pu deviner… Mais, moi… je suis un joueur d'échecs. Et ça… parfois, j'ai tendance à l'oublier. Chef, avez-vous une carte de la ville ?

— J'ai même mieux. »

Elle appuya sur un bouton. Les volets se fermèrent et un écran s'éclaira sur le mur face aux protagonistes. Elle chercha un moment le bon canal et une carte de la ville apparut.

« On peut avoir le quadrillage ?

— Bien entendu Franck. »

Un quadrillage numéroté avec chiffres et lettres vint se superposer à la carte.

« Très bien ! Alors, en échecs, il y a une dénomination qui se dit "Partie des quatre cavaliers", c'est-à-dire attaquer d'emblée, dès l'ouverture, avec les quatre chevaux, blancs et noirs. Mais oublions les couleurs, cela va vous embrouiller. »

Adila étouffa un fou rire qui aurait pu être pris pour de la moquerie.

« Donnons comme indications les points cardinaux. Donc, nous devons partir du principe qu'ils vont se déplacer comme des cavaliers. Les deux du Sud vont en C3 et F3 et ceux du Nord en C6 et F6.

• C 3, c'est… la Banque Centrale. F3 l'Usine atomique de traitement électrique. C6, l'école Polytechnique et F6, le centre militaire Européarmée. »

Tout le monde observa l'écran avec attention et stupéfaction.

Le Haut-Commissaire effleura son oreille. Il ordonna que l'on triple la sécurité dans ces lieux sensibles. La patronne de la HCFI fit de même en tapant du poing sur la table exigeant que des patrouilles militaires parcourent les rues de la ville jusqu'à ce que l'alerte soit passée.
Au bout de quelques minutes, la salle se vida laissant Franck et Adila seuls. Cette dernière sentait bien que Franck avait autre chose en tête. Elle s'approcha de lui.
« Je connais ce regard…
— J'ai l'impression d'être passé à côté d'un élément essentiel.
— Peut-être. Tu vas trouver. Comme d'habitude. »
Franck expira. Il était resté en apnée, ne voulant pas souffler sur la flamme vacillante qui le dominait.
« Ils ont deux armes redoutables à ne pas négliger. Le disque du "Faiseur de rêves" et le carnet rouge.
— Mais enfin… Que contient ce foutu carnet ?
— Des notes, des inscriptions, des poèmes, des photos des victimes de Jack l'Éventreur… et surtout…
— Surtout ?
— La formule chimique permettant de créer des Hyde par centaines ! »

Chapitre 7 : Mémoires perdues.

Franck et Adila sortirent ensemble du Commissariat Central.
« Quand penses-tu que les attaques seront coordonnées ?
— Je l'ignore. Il va falloir se bouger pour les retrouver. J'ai vraiment un étrange pressentiment.
— Je vais là où le tunnel débouchait. J'y trouverai peut-être quelques indices.
— Fais très attention ! Tu es peut-être une cible.
— Tu l'as dit toi-même ; s'ils avaient voulu notre mort, nous le serions déjà. Ils prévoient autre chose pour nous. Toi, qu'est-ce que tu vas faire ?
— En remontant les corps des quatre personnes mortes de faim, les experts ont pris soin de la dépouille de mon père. Je vais à la morgue.
— Tu vas l'enterrer au cimetière.
— Tant qu'il y aura des travaux par suite de l'attentat, impossible d'y inhumer quelqu'un. Je pense le faire incinérer. Il est déjà resté trop longtemps sous terre.
— Je comprends. On s'appelle à midi !
— Parfait ! »
Sur ces mots, les deux coéquipiers se séparèrent, prenant des directions totalement quasi opposées.

Dans le même temps, à la porte d'un petit appartement modestement, mais joliment décoré, le timbre d'une sonnette se fit entendre. La propriétaire s'approcha, jeta un coup d'œil à l'écran de contrôle. L'ayant reconnue, elle ouvrit promptement.
« Madame Henderson ? Que faites-vous ici ?

— Bonjour, Madame Frances Derantour ! J'espère que je ne vous dérange pas ?
— Jamais ! Entrez, je vous prie ! »
Sur cette invitation, Héléna entra avec beaucoup d'humilité et de discrétion.
« Mais, s'il vous plait, appelez-moi Katerina.
— Et vous, Héléna ! »
Elles se sourirent et s'embrassèrent. Katerina invita sa visiteuse à s'installer dans le salon. Moderne, mais chaleureux, ce dernier était accueillant et il en émanait de l'amour et de la joie.
« Vous voulez du thé ou du café ?
— Rien, je vous remercie. Je viens juste prendre des nouvelles d'Élise.
— Grâce au détective Djorak et à vous, elle est en vie. On ne pourra jamais assez vous remercier de ce que vous avez fait pour elle. Je lui ai donné les pilules que vous m'aviez fournies et elle a bien dormi toute la nuit.
— C'est surtout Franck. Moi, je n'apporte qu'une modeste contribution.
— Il a l'air d'être un homme solide.
— Je dirais… têtu et très intelligent. »
Katerina hocha de la tête avec un sourire qui soulignait à la fois la compréhension, mais aussi une certaine forme de connivence féminine. Héléna se tourna vers une petite table près d'une fenêtre.
« Il est magnifique ce jeu d'échecs. Tout en bois ?
— Oui, je l'ai fait de mes propres mains !
— Bravo.
— Vous allez l'épouser ? »
Cette question surprit Héléna. Mais elle ne pouvait répondre par la négative.

« Pour le moment, c'est compliqué... Mais quand les choses se seront tassées... C'est dans nos projets !
— Il y était ?
— Où ?
— Cette nuit, en ville.
— Non, mais il était à la prison centrale au moment de la fusillade.
— Quelle tragédie !
— Oui... Et c'est un peu pour ça que je viens vous voir.
— Ah ? Comment pourrais-je vous être utile ? »
Héléna avait mis une partie de la matinée à répéter ce qu'elle allait proposer à Katerina, mais étant face à elle, une forme de pudeur, voire de frayeur, s'empara de sa personne.
« Est-ce que... est-ce qu'Élise vous a parlé ? Vous a-t-elle ... raconté des choses qui pourraient éventuellement servir à l'enquête ?
— Pourquoi ? Les événements de cette nuit sont liés à notre affaire ? »
Cette fois, c'est Héléna qui acquiesça d'un mouvement de la tête.
« Écoutez Héléna... Ma fille a subi un choc terrible. Enterrée vivante, vous vous en rendez compte ! Pour le moment, elle refoule ses souvenirs. Tout au moins, ceux de ces derniers jours. Elle risque de suivre une thérapie durant toute sa vie.
— Je sais...
— Non, Héléna ! Sans vouloir vous manquer de respect, vous ne savez pas. Je vous remercie de lui avoir prodigué les premiers soins de manière aussi incroyable. Elle n'a passé que quelques heures à l'hôpital avant d'en sortir. On doit y retourner cet après-midi. Alors, je suis désolée,

mais… on ne peut rien pour vous.

— C'est vrai. Je ne peux même pas dire que je ressens ce que vous ressentez ! Je n'ai pas d'enfants et je n'ai jamais subi de chocs psychologiques. Cependant, dans mon domaine, je suis une experte. Et je pense que je peux aider Élise.

— L'aider ? Comment ? »

Héléna se mordit la lèvre supérieure. Elle se leva et se mit face à la fenêtre. Ce n'était pas un appartement pivotant comme le sien, mais la vue n'en était pas moins belle. « Bien… Imaginez un instant que le cerveau soit comme cet ensemble d'immeubles. Que chaque fenêtre de chaque immeuble soit comme un réflecteur. Une sorte de projecteur. Que chacun de ces réflecteurs soit des révélateurs de ce qu'il représente. »

Héléna sentit à la fois du désarroi et l'incompréhension. « Les fenêtres sont des… catalyseurs de rêves, d'espérances, d'inventions et de souvenirs. Depuis quelque temps, je travaille sur une expérimentation dont la charpente est bâtie sur le mode des couleurs. Chaque couleur primaire dévoile la nature de la pensée du sujet.

— Je ne comprends rien. »

Héléna s'y était mal prise. Elle s'en rendait compte. Elle devait tenter une autre approche.

« Katerina, vous êtes une stratège en échecs, n'est-ce pas ?

— J'en imagine, j'en invente parfois !

— Bien. Quelle est la meilleure façon d'agir face à un adversaire ?

— Le surprendre !

— Exactement ! En émergeant les souvenirs d'Élise, on va surprendre l'adversaire… Qui sont plus exactement les ennemis publics numéro un, à cette heure. Des femmes, des hommes, des enfants… Katerina… Des enfants sont morts cette nuit. Nous ne pouvons pas rester les bras croisés en espérant que cela passera. Cela ne passera pas. » Katerina fixa longuement Héléna. Elle avait des larmes qui lui coulaient sur le visage.

Franck essuya une larme qu'il n'avait pu éviter. Il était face au cadavre en semi-décomposition de son père. Ce dernier avait été placé dans un caisson afin de conserver au maximum le corps. Son autopsie étant terminée, le légiste remit le sac hermétique sous vide dans lequel les affaires du défunt avaient été mises afin de les protéger d'une quelconque dégradation. Le légiste prit la parole.
« Votre père est mort quelques heures après la chute. Je penche pour un pneumothorax bilatéral dû au choc. Il a certainement réussi à ramper.
— Il a souffert ?
— Je ne vais pas vous mentir, Franck ! Oui, il a dû souffrir… Mais je suppose que très rapidement il a dû perdre connaissance avant de s'en aller complètement. Je… Je ne vous montre pas le reste du corps ; trop abîmé par les morsures de rongeurs. »
Franck ne s'attendait pas à ressentir si intensément cette perte.
« Vingt-cinq ans !
— Pardon ?
— Cela fait vingt-cinq ans que mon père est tombé dans ce trou. Et vous savez ce qui est le plus terrible dans cette histoire ? »
Le légiste croisa les bras montrant l'intérêt qu'il portait sincèrement au détective.

« Le plus terrible c'est que je n'ai que ce souvenir. Je ne me rappelle rien, ou pas grand-chose, avant mes cinq ans.
— C'est normal. On garde peu de souvenirs de notre enfance.
— Mais moi, ce n'est pas "peu", mais "aucun" ! J'essaie ! J'ai parfois des bribes… comme des petits cailloux du petit Poucet…
— Et où vous mènent-ils ?
— Nulle part justement ! C'est ce qu'il y a de plus frustrant ! Je n'arrive même plus à savoir si ce sont des rêves, des cauchemars ou des réminiscences. Inventés ou réels. Pour faire le tri… »
Il n'acheva pas sa phrase. Il fronça les sourcils.
« Qu'est-ce que vous avez trouvé dans ses affaires ?
— Alors, il était vêtu d'une chemise, en lambeaux. Un pantalon dans le même état. Une veste. Et ce qui semble être un écrit. Mais l'humidité et le temps ne l'ont pas épargné.
— Cet écrit, il est aussi dans le sac ?
— Oui, on l'a placé dans un autre petit sac sous vide. Il ne pourra plus se désagréger.
— Merci Docteur. »
Franck regarda le légiste sortir de la salle. Puis, il baissa les yeux vers le mort.
Il agrippa de ses cinq doigts le sac, le scruta à travers.
Les affaires étaient pliées et rangées.
C'étaient des preuves matérielles de sa mémoire !
Il fallait qu'il retourne chez lui !

« La mémoire d'Élise est un moyen de contrecarrer leur plan. »

Héléna était face à Katerina. Cette dernière n'arrêtait pas de retenir des pleurs de peur et d'une certaine forme de lâcheté.

« Je regrette Héléna… Je ne peux pas… ! »

Héléna baissa la tête. Elle avait tout tenté… mais en vain. Se levant, elle mit la main sur l'épaule de Katerina.

« Je vous présente toutes mes excuses. Je ne vous embêterai plus. Embrassez Élise de ma part. »

Elle s'acheminait vers la porte quand quelque chose la stoppa net.

« Je vais le faire ! » Elle se retourna.

La jeune fille blonde aux yeux turquoise se tenait droite dans le couloir. Katerina fondit sur elle, la prenant dans ses bras.

« Ma chérie, tu ne peux pas !

— Maman, je peux ! Et je le dois ! Si j'ai survécu, ce n'est pas pour rien ! Tu m'as toujours dit qu'il fallait aider ceux qui en ont besoin. Je crois que c'est le moment de mettre en pratique ce que tu m'as appris. Héléna, je suis prête. »

Cette dernière posa son regard à la fois surpris et admiratif sur l'enfant. Katerina baissa les yeux. Les derniers soubresauts d'une volonté farouche de la protéger venaient de s'évanouir.

« Où doit-on aller ?

— On ne va pas au Laboratoire ! Trop froid et sans âme. On va chez moi ! »

Chapitre 8 : Les méandres.

Durant le trajet, Héléna se rendit compte, l'heure de la matinée étant bien avancée, que les rues étaient partiellement vides. Elle croisa de nombreux véhicules de police dont les haut-parleurs crachaient des ordres.
« Restez chez vous. Ne sortez que par absolue nécessité ! Votre vie en dépend ! » On pouvait assister au bal aérien des Intercoptères, hélicoptères blindés de la Police Gouvernementale imaginés pour des interventions éclairs. On était en état de siège. Un barrage la força à ralentir. Elle dut présenter ses « invitées » après avoir décliné son nom et sa profession.
Enfin, après quelques minutes, elles arrivèrent à destination.
De l'extérieur, la tour ronde donnait l'illusion d'un donjon, vestiges d'une forteresse du lointain Moyen âge. Pour la joueuse d'échecs qu'était Katerina, la tour avait son importance. Elle se sentait proche de cette architecture.
Elles prirent un ascenseur. Élise était troublée et n'était pas encline à observer les moindres détails de cette structure particulière. Une tour rotative pivotant sur un axe ancré profondément dans le sol n'avait pour elle aucune importance.
 Katerina fut surprise par l'aspect de l'appartement d'Héléna : circulaire ! Ainsi que son changement graduel de panoramas. Elle en avait déjà entendu parler, mais n'en avait jamais vu d'aussi près.
Héléna installa confortablement Élise sur un fauteuil basculant. Cette dernière, se retrouvant quasiment

allongée, était anxieuse.

« Élise, je vais t'expliquer comment tout cela fonctionne ; je vais t'installer des petites pastilles blanches sur la tête.

— Des électrodes ?

— En quelque sorte. Mais tu ne seras reliée à aucun câble. Tout se fera à distance. Dans cette petite boîte noire, j'ai inventé, disons, un cœur en cristallogènes, c'est une sorte de composition mi-chimique, mi-cristalline, qui me permet de donner une image à tes pensées. Nous allons nous retrouver dans le noir, mais toi, tu regarderas les étoiles.

— Les étoiles en plein jour ?

— Ne t'inquiète pas. Tout est prévu. » Elle se tourna vers Katerina.

« Quand je lancerai la projection, il ne faudra surtout pas intervenir ! Des codes de couleur apparaitront en bas à droite : le vert est l'espérance, le rouge, les songes, bons ou mauvais, le bleu, les souvenirs. Naturellement, c'est celle-ci qui nous intéresse le plus. »

Katerina s'assit non loin de sa fille. Elle posa sur elle ce regard si particulier que chaque parent aimant a pour ses enfants. À la fois de la fierté, mais aussi de l'inquiétude. Elle lui prit la main, l'embrassa tendrement et la reposa sur l'accoudoir du fauteuil.

Franck avait brisé les scellés et s'était installé dans un des fauteuils face à la cheminée. Il avait le sac à la main. Prestement, il l'ouvrit afin d'étaler les vêtements de son père sur la table basse.

Quand il eut fait le tri, il porta à son attention sur le

manuscrit dont la dégradation était flagrante. Quelques mots ou bribes de mots étaient lisibles.

« … chute… mais tout co… dépos… … changés… marque des… cr… Ce qui est visible ne… pas pour… us ! » Voilà, tout ce qu'il pouvait déchiffrer. Tout ce qui restait certainement des derniers mots écrits de son père. Franck avait tenté de retrouver des cahiers ou des lettres noircis par sa main, durant le peu de temps avant l'exécution de Farius. Mais ses recherches avaient été vaines. « Ce qui est visible ne… pas pour… us ! ». Pourquoi terminer par cette sentence ? Et à qui ce document était-il destiné ? Et tous ces mots… « Ce qui est visible ne l'est pas pour nous ? Pour vous ? Pour tous ? » Ces choix s'imposaient à lui comme une sarabande endiablée.

Il inspira et expira ! Inspira et expira !

« Reprends-toi Franck ! » Il se leva et commença à faire les cent pas. Il se rendit compte après quelques secondes de mouvements frénétiques que cela desservait à sa concentration.

« Mon père était un amateur éclairé de la littérature du 19e siècle. Tout ce qui émanait de lui était une profonde admiration pour les auteurs victoriens et aussi une intime conviction que tous les éléments décrits par les romanciers étaient basés sur des faits réels. » Il s'arrêta. « Ce qui est visible ne… pas pour… us ! ».

Il passa sa main devant sa bouche. La nécessité qu'il ressentait à ce moment précis était de penser comme son père. Il balada son regard dans toute la pièce. Visualisa les livres. Les divers objets. Les tableaux… les parties de campagne… Les pique-niques… Et s'arrêta devant les portraits… de ces hommes et femmes morts depuis près de trois siècles renvoyant sa propre image… Son image d'homme inerte.

Ne sachant pourquoi, il examina attentivement l'arrière-plan des œuvres.

Prit un peu de recul.

Quelque chose n'allait pas.

Comme un puzzle dont on avait forcé les pièces afin de les faire rentrer.

Tout à coup, il comprit. Fila dans la cuisine. Prit un escabeau. Revint au salon.

Monta sur la petite échelle. Commença à décrocher les tableaux. Les disposa au sol dans un ordre qui lui semblait juste.

Il grimpa tout en haut de l'escabeau. « C'est ça ! »

Les portraits ne faisaient qu'un seul et même ensemble. Derrière les morts était un mur. C'était celui de l'entrée principale.

Deux personnages montraient, mains ouvertes, une sorte de frise.

Une arabesque dont le centre était orné de quatre trous.

« J'ai déjà vu ça quelque part ! » Il releva la tête. Descendit de son perchoir récupérer la petite clef incrustée dans le tableau, ouvrit la cachette, derrière les chenets, dans laquelle il avait trouvé le carnet de Hyde et en sortit tous les éléments.

Les documents, la petite chaîne avec une croix, les quatre soldats de plomb et… le tube en métal. Il le fit pivoter pour regarder l'embout.

La même arabesque avec en son centre quatre petites pointes.

Le silence régnait dans l'appartement de la tour ronde. Élise était fascinée par les étoiles projetées au plafond. Elle en oubliait qu'elle était en pleine observation mentale.

Sur le mur face à Katerina et Héléna, les couleurs défilaient.

Le vert d'abord, l'espoir de voir ses parents réunis, le père les ayant abandonnées alors qu'elle était bébé. De devenir comme sa mère, une grande pratiquante d'échecs et la meilleure joueuse au monde.

Le rouge ensuite. Les rêves d'une toute jeune fille sont splendides et charmants.

Elle court dans un champ. Ce champ est peuplé de personnages féériques. Ils dansent avec elle. Jouent de la musique. Lui font découvrir un monde où tout est possible. Un monde magique. Mais des sorcières, soudainement, changèrent la joie en tristesse, le bonheur en malheur, la vie en mort.

Le bleu apparut. Les souvenirs.

À ce moment précis, les deux femmes avancèrent presque simultanément en pointe de canapé. C'était un moment important ! Il fallait tout observer à la loupe.

Katerina qui lui prépare des crêpes.

Cette dernière fut étonnée.

« Ça, c'est le jour de l'enlèvement. Pourquoi ne voit-on pas les souvenirs plus anciens ? » chuchota-t-elle.

« Je ne sais pas. Peut-être que ce qui lui est arrivé bloque les plus anciens. » répondit sur le même mode Héléna.

Katerina embrasse Élise. Élise prend l'ascenseur. Elle sort de l'immeuble. Elle balade son regard partout dans la rue ! Elle chantonne. Tout à coup, le noir. Elle crie. Elle hurle « Au secours ! »… « Mamaaaan ! »

Katerina semblait suffoquer. Elle tourna la tête vers Élise qui, ne se rendant compte de rien, souriait aux étoiles.
Elle est toujours dans le noir. Un bruit de moteur. Un moteur qui s'arrête. Elle crie toujours. « Si tu n'arrêtes pas de crier, on tue ta mère ! »
Une voix rauque. Une voix dure !
Tout en pleurant, elle obtempère.
Elle semble être traînée.
On ôte le noir. Une cagoule.
Elle est assise, pieds et mains liés à un siège.
Elle regarde autour d'elle.
Une salle voûtée. Au sol, un carrelage en damier. Une ancienne cheminée.
Un homme avec un masque. Un plateau à la main.
Elle mange, mais vomit immédiatement.
De l'eau. Un autre plateau.
Puis un autre.
Et un autre.
Un vitrail qu'elle n'avait pas encore remarqué à sa gauche.
Une main tenant une seringue.
Le noir.
Une buée devant les yeux.
Un masque à oxygène. Des cris étouffés.
Des mains voulant pousser, des ongles griffer.
Des cris étouffés.
La machine s'arrêta net. Héléna l'avait éteinte.

Franck éclaira le hall et inspecta le mur perpendiculaire à l'entrée. Il n'avait jamais prêté attention, mais ce mur ne donnait sur aucune pièce jouxtant le couloir.
Promptement, il découvrit cette fameuse arabesque et les

quatre trous.

Il réfléchit avant d'y placer le tube. Un pressentiment et son flair de détective le poussèrent à aller chercher les autres éléments trouvés dans la cachette ainsi que le document écrit passablement effacé par le temps.

À nouveau devant le mur, il fit pénétrer les quatre pointes dans les quatre trous.

Il prit le temps de la réflexion ; dans le sens des aiguilles d'une montre ou inversement ? Dominant sa crainte et suivant son instinct, il tourna dans le sens inverse du cadran solaire. Et il eut raison.

À sa droite, un tableau s'enfonça littéralement, libérant une ouverture de la taille du cadre. Un souffle écœurant envahit le lieu. Il plaça sa main devant la bouche, prêt à rendre le peu de nourriture qu'il avait ingurgitée rapidement. Après l'air vicié survint un froid polaire. La température soudainement descendit de plusieurs degrés. Il mit son blouson et le ferma jusqu'au col. Éclaira sa lampe torche, vérifia que son automatique était dans son holster et fit le premier pas dans l'antre.

Il suivit un long couloir. Ses pas étaient hésitants, mais sa détermination totale. Il avait le sentiment qu'il allait enfin trouver le lien entre tous les événements, ce fil rouge unissant chaque détail ; il n'était pas convaincu par la stratégie évoquée lors du débriefing.

Au bout de quelques mètres, il se trouva face à des escaliers descendants. « Pourquoi toujours en sous-sol ? » Il souffla un coup. L'air était difficilement respirable. Mais avant de descendre, il se pinça fortement le bras.

« C'est bon ! Je ne suis pas dans un voyage mental… Enfin, je ne sais pas si c'est vraiment… bon ! » Il sourit à sa plaisanterie, mais un frisson vint ternir ce trait

d'humour. Les profondeurs étaient d'un noir total. S'il utilisait sa torche en mode phare, il devrait l'éteindre régulièrement afin d'économiser la batterie. Il avait l'impression de repartir sous terre pour rencontrer quelques personnages insolites et dangereux.
Cheminant vers le bas en rythmant ses pas, il comprit que les marches étaient bâties de manière régulière.
Ce qui lui permit d'avancer parfois dans le noir total, laissant la batterie se reposer un peu, la main gauche contre la paroi.
Arrivé enfin sur ce qui semblait être le dernier palier, après avoir glissé deux fois sur les dalles humides, il se rendit compte que des lampes, apparemment à pétrole, accrochées aux murs, balisaient de multiples directions.
Il chercha dans sa poche une quelconque boîte d'allumettes ou un briquet afin de les allumer.
Mais pourquoi en aurait-il, ne fumant pas ?
D'ailleurs, personne ne fumait ; la prohibition était forte et les amendes sévères. L'utilisation de la cigarette était totalement interdite.
Baladant sa torche, il aperçut, dans la faible lueur de la lumière blanche de la torche, une petite table ornée d'une boîte.
Poussé par une curiosité tout à fait légitime, il s'approcha.

Elle retira lentement les pastilles blanches de la tête d'Élise. Le procédé avait fonctionné, mais Katerina et Héléna étaient sous le choc. Elles avaient été témoins de l'enlèvement et de l'interminable séquestration de la jeune fille aux cheveux d'or. Katerina vint se blottir dans les bras de sa fille, encore allongée et toujours sous le charme des étoiles.

« Ma chérie.

— Maman ?

— Oui ma puce ?

— Ce que j'ai vu était magnifique ! Et toi ?

— Moi ? C'était terrifiant !

— Ça a marché ?

— Oui, ça a marché !

— Et ça va aider ? »

Katerina ne sachant quoi répondre fixa du regard Héléna ! Cette dernière mettait un point d'honneur, avant de donner son avis, à tout mettre en arrêt et tout ranger. Une fois que cela fut fait, elle se retourna vers la mère et la fille.

« Bien ! Élise, tu es une jeune fille incroyable ! Courageuse et volontaire. Et, cerise sur le gâteau, tu nous as fourni des détails importants pour retrouver ces criminels. »

Elle se dirigea vers la table qui lui servait aussi de bureau. Elle prit une sorte de tablette transparente. Elle la mit en tension et elle s'éclaira, la lumière se reflétant dans les yeux émeraude d'Élise.

« On a pu apercevoir un sol en damier, une cheminée et un vitrail. Ces infrastructures des anciens cultes religieux ont, pour la plupart, disparu durant la guerre. Je pense qu'on ne devrait pas chercher longtemps. Dans la région… »

Elle s'arrêta net, car sa recherche sur « Historische Stätten » se révéla très rapide.

« C'est une ancienne chapelle !

— Et où se trouve-t-elle ? » demanda Katerina.

– « Ecee-Abha ! »

Chapitre 9 : Énigmes.

Il l'ouvrit !
Dans la boîte se trouvaient un disque, quatre interrupteurs et un micro.
Il enclencha le disque, une voix domina le lieu.
« Cher voyageur, si tu veux continuer ta route et trouver tes réponses, tu devras répondre à une énigme. Si tu tentes d'appuyer sur un des interrupteurs sans satisfaire mes exigences, tu as la possibilité soit, par chance, d'éclairer la croisée des chemins, soit de déclencher une bombe déposée par mes soins, soit mourir gazé ou enfin brûler vif. » Cette voix résonnait dans la tête de Franck, provoquant des échos de souvenirs.
« Voici l'énigme. Tu devras te servir du micro pour répondre. "Les trois D se réunirent ! De cette union naquit une Aurore. Qui suis-je ?" »
Franck recula. Il eut envie de faire demi-tour. Cette fois, sa vie était réellement en danger. Ce n'était plus une ces illusions perverses créées par Farius.
Mais son caractère opiniâtre prit le dessus.
Les énigmes, c'était son gagne-pain, sa raison d'être.
Il regarda le sol inondé de pénombres. Il ne voyait même pas ses pieds.
 Puis soudain, en grand amateur de Sherlock Holmes, un fait historique lui revint en mémoire. En 1912, Arthur Conan Doyle, parfait darwinien jusqu'au bout des ongles, fut invité par son ami Charles Dawson. Ce dernier, archéologue, lui présenta ce qui pouvait être le chaînon manquant dans la théorie de l'évolution. Le premier Homme. Un crâne orné de dents de singe. Il fut nommé

l'homme de Piltdown. Malheureusement, on se rendit compte quarante ans plus tard que c'était un faux ! Les dents avaient été collées au crâne humain, poli et traité afin de le vieillir.
Plongé dans ce souvenir, il décrocha le micro.
Avant de l'enclencher, il se racla la gorge.
« Les trois D sont Charles Darwin, Arthur Conan Doyle et Charles Dawson. Et Aurore était l'Eoanthropus Dawsoni. »
À ces mots, la lumière fut ! Le système était complexe. Les noms servaient d'interrupteur. Et les lampes étaient des ampoules électriques que l'on nommait avant-guerre « lightmax ». Elles avaient disparu du commerce après le conflit, préférant les « Eoleds », plus économiques et moins polluantes.
Il en conclut que ce système datait d'une quarantaine d'années.
Se retournant, Franck se retrouva face à deux chemins, se perdant dans le lointain. Au-dessus des voutes, sur les frontons, deux dates. Sur l'un, à droite, 1839, et sur l'autre, à gauche, 1893.
Il s'assit à même le sol, jambes allongées et croisées, bras tendus dans son dos, ce dernier raide comme un tuteur, les mains à plat sur le sol. Il passa d'une date à l'autre.
Son introspection était totale. Il prit le papier sous plastique, vestiges d'un père trop tôt disparu.
« Alors, papa ! Tu m'as amené jusqu'ici. J'ai passé avec succès ta première énigme. Ton écrit à moitié effacé peut certainement m'aider. "… chute… mais tout co… dépos… … changés… marque des… cr… Ce qui est visible ne… pas pour… us !" 1893, date de la parution du "Dernier problème" de Doyle dans lequel Holmes et Moriarty

tombent dans les chutes de Reichenbach de l'ancienne Suisse. CHUTES… 1839, année de sortie de "La chute de la maison Usher" de Poe. CHUTE… Au singulier… De plus, papa, ce tunnel paraît plus récent que l'autre. »
Il se leva, passa rapidement ses mains sur son pantalon afin d'en ôter un peu de saleté et entra dans le tunnel de droite.
Il arriva au bout d'une centaine de mètres devant un mur. Une impasse. Il fit glisser ses mains sur la paroi, cherchant un mécanisme. Quand il sentit qu'une pierre un peu plus apparente s'enfonçait d'elle-même, une autre s'ouvrit. Elle était creuse et dans sa cavité gisait un autre disque.
Il l'enclencha.
« Voyageur, écoute bien. Un nom dévoile ou scelle. Prends le micro et donne la solution. Si la bonne réponse est donnée, la vérité éclatera. Si la réponse est partielle ou erronée, à jamais tu m'appartiendras ! »
À ce moment précis, il eut l'impression de repartir dans son premier voyage mental, devant trouver des réponses afin de franchir les portes de la liberté… de la vérité. Ses yeux brillèrent. Quelque chose se passait dans sa tête ; son cerveau fonctionnait enfin comme avant. Il arracha presque le micro tant son énergie était à son comble. Son cœur battait à tout rompre et il sentait l'adrénaline l'envahir. Mais avant d'appuyer sur le bouton afin de donner le résultat de ses réflexions, il hurla.
« Papa, tu l'as fait… Hein ? Tu l'as fait ! Et tu l'as écrit ! Tu as tué TA PROPRE MÈRE ! » Enfonça le bouton et cria bien distinctement : « Elsie Sophie Djorak ».
Et l'impasse glissa sur le sol, accompagnée d'un son rocailleux.
Franck se figea. Un corps enveloppé d'un drap plastifié

des pieds à la tête se tenait droit devant lui, dans une sorte de sarcophage.
« Oui, papa. Bravo ! Tu as tué ta propre mère ! Et tu l'as emmurée ici même. Tu l'as écrit. "La chute de la maison Usher. Et tout comme Roderick, je la déposerai sous terre, entre deux murs." C'est un bon début… Hein PAPA ? Salopard de meurtrier. Mais tu étais le cavalier noir, n'est-ce pas ? Celui qui détient la balance. Comme celle de la justice. Alors, qu'est-ce qui s'est passé ? Hein ? Ta mère avait compris quelle sorte de pervers tu étais ! Qui étaient tes amis ! Et ce que vous recherchiez ! Et tu l'as fait disparaitre. Ce n'étaient pas les autres… Mais toi ! TOI ! »
Il tapa du poing contre une des parois. Il respirait fort.
« Mais alors, qui était dans le cercueil au cimetière de KopfHart ? Qu… » Un flash, une image, une voix… Il recula… « Je me souviens… Ce vieil homme qui était venu une nuit d'orage. Tu avais ouvert. Il s'était avancé vers toi en te demandant "Où est-elle ?" Où est-elle ? Mais oui, c'est le vieil homme de mes rêves. Et c'était… » Il se remémora la photo… Cet homme et cette femme appartenant sans nul doute à la maison Djorak.
Le majordome et sa femme.
« Tu as assassiné la femme du majordome, tu l'as fait enterrer au cimetière, car la police était certainement très pressante ! Eh oui, retrouver l'une des leurs, disparue, c'était leur mission. Alors, quoi ? Elles étaient à peu près du même âge, même taille. Tu as maquillé ça en accident ? Tu l'as défigurée pour qu'on ne la reconnaisse pas ? Ou tu t'es fait aider de tes… amis ? Et tout ça pour faire comme dans les romans ! Non… Non… Il y a autre chose. Tu voulais que ta mère reste toujours près de toi. En fait, tu

n'as pas orchestré tout ça, car tu étais un ventre mou !
Mais alors… Qu'est-ce que tu veux ? Hein ? Qu'est-ce que tu attends de moi ? »

 Ses pensées faisaient la course. Il avait du mal à les maîtriser. Il s'avança vers le corps momifié. Tout en essayant de faire attention, il fit glisser ses doigts tout le long du sarcophage. Subrepticement, un petit clic se fit entendre. Un petit tiroir s'éjecta. Dans ce tiroir, un papier en très bon état.

« Voyageur, si tu lis ceci, c'est que tu as découvert mon secret. Les dates ouvrent la voie. »

Franck était partagé entre la colère qui l'étreignait et l'analyse de la situation qui l'étouffait.

« Les dates ouvrent la voie ! 1839, pour le couloir de droite. 1893 pour le couloir de gauche. Les mêmes chiffres. »

Il se mit en pause une minute, le temps de cerner quelle opération était nécessaire à la résolution de cette énigme. Mais la plus simple s'imposa d'elle-même. Il ne sut pas dire pourquoi !

« 1 plus 8 plus 3 plus 9 égalent 21. 2 plus 1 égale 3. Trois ! Dans la culture de l'ancienne Chine, cela correspondait au mot "Vivant" et en numérologie, ce chiffre est la communication ! Communiquer avec les vivants ! La trinité ! Et si on fait la même opération avec 1893, on obtient exactement le même résultat. Je crois que si j'avais pris le chemin de gauche, je serais arrivé au même endroit. Papa, tu es une véritable crapule ! »

Il fit rapidement le tour de la petite salle dans laquelle il était. Malgré l'éclairage, il prit sa lampe torche et la mit en position phare. Il observa chaque recoin. Poussé par son inépuisable soif de trouver, d'aboutir, de découvrir la vérité, il détailla avec une attention particulière, les moindres interstices ou rides de l'architecture. Et soudain… Au plafond. Au-dessus de chaque coin de la pièce, des chiffres romains. Il chercha quelque chose pour grimper. Rien. Alors, il prit la décision d'ôter délicatement le corps de sa grand-mère, de la mettre au sol, de faire de même avec le sarcophage, mais la partie vide épousant le parterre. Il grimpa. Appuya sur le trois Romain. Le mur du fond, tout à coup, s'ouvrit partiellement.

Excité par cette nouvelle découverte, il bondit et vint appuyer un peu plus la lourde paroi.

Il entra dans une salle. Une sorte de cathédrale voûtée. Sur le mur d'en face deux cadres vides et sur les deux autres perpendiculaires à ce dernier, deux autres cadres, tout aussi vides.

Sous chaque cadre, un petit plateau. Si petit qu'il faillit ne pas les voir.

Il prit le temps de bien évaluer la situation et ce qu'il avait en poche. Il chercha et sortit le tout. Puis, lui vint une idée assez folle, mais qui prenait tout son sens à ce moment-là. Il attrapa les quatre soldats de plomb. Il en déposa d'abord un sur un des deux plateaux du mur central. Le plateau descendit de quelques centimètres… Et… Comme une guillotine, à l'intérieur du cadre, vint s'imposer un tableau représentant un homme aux allures de gentleman victorien. Il crut d'ailleurs le reconnaître sur un des portraits du salon. Franck fit de même avec les trois autres soldats. Trois autres portraits firent leur apparition.

« Je commence à comprendre ! C'est incroyable.

— Incroyable en effet. »

Franck se retourna. Le fils Zinger, Anthony, était dans l'entrée, un revolver à la main, le canon pointé vers Franck et le doigt sur la détente.

« Merci infiniment Détective Inspecteur. La dernière fois que nous nous sommes vus, c'était au cimetière. Et on se retrouve à côté d'un tombeau. Voilà qui est admirable. "Hélas ! Pauvre Yorick, je l'ai bien connu, Horatio !". Savez-vous que j'ai interprété Hamlet alors que je n'avais que 18 ans ? Je jouais sous un faux nom, bien entendu. Les critiques furent dithyrambiques. Cependant, composer un policier en uniforme et tromper la vigilance du plus futé des fins limiers fut pour moi un moment de pure extase. Tellement ironique, n'est-ce pas ?

— Qu'est-ce qui est ironique ?

— Se faire prendre par surprise par un bleu !

— Qu'est-ce que vous voulez, Zinger ?

— Les morceaux manquants du puzzle. »

Franck sourit. Il aurait volontiers éclaté de rire, mais la solennité du lieu ne s'y prêtait pas.

« Pourquoi souriez-vous ?

— La formule de Jekyll n'est pas complète et Farius est furieux ?

— Il manque quatre pages.

— Et vous croyez que c'est moi qui les ai ?

— Non, nous croyons que c'est votre père qui les a cachées. Un lieu qu'il n'a jamais montré, même de son vivant, à ses amis. Enfin, ils croyaient tous qu'il était leur ami. Mais c'était un traître et un hypocrite.

— Il a pourtant assassiné sa mère.

— Oui, mais c'était sans compter la vôtre. »

Franck fut alors pris au dépourvu. Sa propre mère aurait joué un rôle dans cette histoire ? Voilà qui serait surprenant.

« Il n'était apparemment pas enclin à une grande force

créatrice dans le domaine du mal et de la destruction. Mon père m'a tout raconté. Le vôtre était rongé par le remords. Elsie était une détective à l'instinct remarquable dont les capacités de déduction l'étaient plus. L'endormir pour l'étouffer avec un coussin… Shakespearien, n'est-ce pas ? Mais… ce n'était pas apparemment dans sa nature propre d'ôter la vie. Quand il rencontra votre mère, il fit volte-face et se jura de nous combattre… Par AMOUR ! Il cacha donc le carnet rouge… Toujours par AMOUR. »

Il jouait avec le mot « amour », comme un enfant s'amuserait avec des osselets. En les lançant en l'air et en les faisant retomber. Franck, ébranlé par cet aveu, resta un moment bouche bée.

« "Je vous vois surpris et changez de couleur à ce discours"… Oui, j'ai joué Molière aussi ! Pas Sganarelle, nooon, mais Dom Juan… Le caméléon, le joueur… l'Acteur ! »

Franck fut pris d'un vertige. Il se baissa et mit ses mains sur ses genoux, cherchant la respiration. Le fils Zinger avança en parlant.

« Mon père et ses deux comparses cherchèrent longtemps la cathédrale du culte des quatre premiers »

Il se tourna vers les tableaux. D'abord, à gauche de l'entrée.

« Docteur Griffin, dit l'homme invisible, en vert pour imprimer la peur et non l'espoir. »

Ensuite, celui de droite.

« Dorian Gray en noir pour marquer la balance du temps. »

Et face aux deux tableaux jumeaux.

« Docteur Moreau en blanc imposant la puissance et la victoire sur la nature et Docteur Jekyll en rouge exprimant

toute la sensualité de la violence dans le sang. À eux quatre, ils ont créé un mythe, une chimère fantastique. Ils étaient…
— Jack l'Éventreur.
— Exact ! »
Franck soutint son regard puis se mit à rire presque convulsivement.
Serrant la mâchoire, jusqu'à s'en faire grincer les dents, le fils Zinger pivota pour faire feu.
Mais Franck avait prévu le coup et attrapa de sa main gauche le poignet droit armé. Il en profita pour lui décocher une droite, puis une deuxième. Au corps à corps, Franck avait nettement l'avantage.
Mais ce dernier fut bref !
Anthony, s'avançant brusquement, lui infligea un coup de tête, le faisant basculer en arrière. Profitant de cette occasion, Zinger pointa son arme sur lui. Dans un soubresaut dû à sa parfaite condition physique et surtout son entraînement, Franck décocha un coup de pied vif et maîtrisé, le désarmant.
Le pistolet tomba à terre.
Franck se releva.
Anthony se courba.
Franck sortit son automatique.
Anthony ramassa le revolver.
Trois coups de feu retentirent suivis d'un silence de mort.

Chapitre 10 : Le cavalier prend la tour.

« Qu'est-ce que c'est Ecee-Abha ? »
Katerina était toujours assise, sa fille à ses côtés. Héléna, debout, dos à elles, se pinçait la lèvre inférieure entre l'index et le pouce et la tirait par intermittence, signe d'une profonde réflexion.
« Qu'est-ce que c'est Ecee-Abha ? » répéta Katerina.
— C'est la longitude et la latitude du terrain où on a découvert tous les restes des femmes assassinées par Farius… À côté du manoir de Franck.
— Vous voulez dire qu'ils ont retenu ma fille dans le manoir ?
— Non. Mais dans une chapelle en plein milieu de la forêt qui longe la propriété. » Katerina était abasourdie ; elle trépignait sur place ne sachant comment se comporter.
« Que fait-on alors ?
— Je vais appeler Franck. Il est sur place et… »
Elle ne put continuer sa phrase. Une volée de balles, traversant les fenêtres, fit valser les cadres sur les murs, perça ceux-ci de mille trous et fracassa tout objet se trouvant sur sa route.
« Couchez-vous ! » hurla Héléna.
Les mains sur la tête, les trois occupantes de l'appartement plongèrent au sol, se protégeant comme elle pouvait. Élise criait. Héléna visualisa rapidement la situation afin de sortir d'affaire ses hôtes. Mais une chose la surprit. Elle ne sut pas quoi… Mais un sentiment bizarre l'envahit tout à coup. Elle passa outre ce qu'elle croyait n'être qu'une impression et hurla « Allons dans la salle de bain ! Elle n'a pas de fenêtres ! » Entre deux volées de tirs, elles

rampèrent jusqu'à l'endroit jugé sûr.
Une fois à l'intérieur, Héléna glissa le doigt sur l'oreille.
« Allez, alleeeez ! Réponds ! Réponds Franck !
— Il ne répond pas ? demanda, entre deux larmes, Élise.
— Non. Allo ? C'est son message d'accueil. Franck ! Viens vite ! Chez moi, on nous tire dessus ! Je t'en prie ! Viens vite !!!! »

Adila était devant l'entrée du tunnel. Elle cherchait encore des indices, le moindre fragment, quoi que ce soit qui pouvait les mettre sur la piste de ces terroristes. Car il s'agissait bien de cela. On était loin des simples assassins. C'était devenu des tueurs de masse. « Ils sont forcément passés par là pour déposer les corps et le cavalier noir. Elle était énervée, fatiguée et surtout avait mal dans son amour-propre ! Elle n'avait pas pu avoir du renfort dans sa quête de la vérité, car toutes les forces de police étaient conjuguées dans le centre-ville. Dans son oreille, rompant cette introspection, un bruit bourdonnant la fit légèrement tressaillir.
« Oui, quoi ? » Son agacement était à son comble.
« Adila, c'est Héléna. On nous tire dessus. Je suis chez moi. Viens vite ! Franck ne répond pas. J'ai appelé la police… Elle arrive… mais… !
— Merde ! J'arrive, Héléna ! Donne-moi ton adresse ! »

Les deux hommes étaient au sol. Franck tenait en joue Anthony. Ce dernier, à terre, baignait dans son sang. Une balle était logée dans son ventre. Il soufflait tout en riant. Son arme était juste à côté de lui. Franck, s'approchant, la

poussa du pied. Il préféra garder ses distances.
« Pourquoi riez-vous ?

— Ah ! Ah ! Ah ! … Je ris… car vous pensez avoir tout compris. … Mmmh ! J'ai… J'ai à vous dire… une chose… »

Franck le regarda attentivement. Un temps de silence ne fit qu'accroitre l'intérêt que Franck portait à Zinger maintenant qu'il était hors d'état de nuire.

« Que pourriez-vous me dire de plus ? Je viens d'abattre le cavalier vert. Le nombre des soldats de l'Apocalypse se réduit petit à petit.

— Franck, vous n'avez pas saisi la quintessence de notre action… Les quatre cavaliers… Ah ! Ah ! Ah ! … Franck, vous valez mieux que ça… réfléchissez… Rentrez en vous-même… Repassez sur vos pas… Que vous avait dit Farius ? »

Franck resta impénétrable tout du long. Il ne voulait pas montrer son expectative face à ce discours flou, sans queue ni tête. Cependant, sans le vouloir, son esprit fit un voyage dans les parties les plus retranchées de sa mémoire. En lui, la voix de Farius résonnait :

« Et c'est pour cette raison que la police londonienne n'a jamais pu l'attraper. Elle croyait, ignorante et sotte, que Jack était unique, mais il était une Trinité ; Jekyll, le père, Hyde, le fils et Jack, le Saint-Esprit ! L'inspecteur Aberline pensait être sa Némésis comme vous pensiez être la mienne. Néanmoins, vous avez tout faux ! Tous les deux ! Vous imaginiez, pauvre humain que vous êtes, que nous n'étions qu'un !... Alors que nous sommes multitudes !... Pour nous, Franck, l'essentiel était que vous retrouviez ce document. Rappelez-vous, Franck, nous étions trois. Trois silhouettes ! Trois entités ! Trois

soldats ! Une nouvelle Trinité ! Les deux autres sont toujours vivants. En sommeil. Nous devions établir un triumvirat de l'abomination, car qui détient le pouvoir de la terreur est empereur sur ses terres. Et dès qu'ils sauront que vous l'avez. Que vous avez ce pour quoi nous existons ! Mon fou et ma tour vous mettront en échec. »

Héléna, Katerina et Élise étaient bloquées dans la salle de bain ; les balles fusaient toujours. On entendait les sirènes bien caractéristiques des voitures de police. Le ou les tireurs avaient maintenant deux cibles. Les fenêtres de l'appartement d'Héléna et les véhicules des représentants de l'autorité.
Mais, cette fois-ci, aguerris et surtout très remontés par le drame de l'autre nuit, les camions blindés et les armes à longue portée remplacèrent les simples automobiles et les petits automatiques.
Dans l'immeuble, on entendait crier et pleurer. Les occupants des appartements, peu nombreux, la plupart étant au travail, ne tentaient même pas de sortir.
Terrorisés, ils restaient couchés derrière un meuble, un lit, tapis au fond de la salle de bain ou autre endroit isolé des impacts de balles.
Héléna tenta une sortie. Elle ouvrit la porte de la salle de bain et rampa sur une partie du salon entre les débris de vases, de murs, d'objets en tous genres.
Mais son parcours fut de courte durée. Elle ne put dominer sa peur et opéra un demi-tour et se retrouva à nouveau en compagnie de la mère et la fille.
« Qu'est-ce qu'on fait ? » demanda Katerina qui tremblait de tout son corps.

« On attend. La police est en bas et Adila ou Franck vont arriver. Ne t'inquiète pas Élise. »
La jeune fille qui devait sa blondeur à la pâleur de sa peau hocha la tête. Héléna n'arrivait pas à se défaire d'une image qui l'embarrassait. Elle tentait de mettre le doigt sur ce sujet d'angoisse supplémentaire... En vain.

Adila roulait tambour battant. Arrivée sur les lieux, elle freina sec et sortit aussitôt de sa voiture afin de se mettre à l'abri derrière un camion des forces militaires.
« Qu'est-ce qu'on a ?
— Comme hier soir, un ou plusieurs tireurs isolés. Ce qui est étrange, c'est qu'avant que nous arrivions, il ne prenait pour cible qu'un étage.
— Je sais. C'est l'appartement d'Héléna Henderson.
— D'accord... Je suis censé la connaitre ? demanda le lieutenant en charge.
— Laissez tomber. Avec ce camion, peut-on approcher l'immeuble du tireur ?
— Sans problème. Depuis quelques minutes, il ne tire plus que sur nous.
— Quoi ?
— Oui, je vous ai dit ; ils avaient une cible puis deux quand nous sommes arrivés et maintenant ils ne concentrent leurs tirs que sur nous.
— Et les Intercoptères ?
— On les attend. »
Adila posa sa main contre le camion. Regarda vers l'immeuble du ou des snipers et tourna la tête vers celui d'Héléna. Les balles émettaient un bruit strident et éprouvant. Chacun était en alerte constante.

« Oh ! Putain ! s'exclama-t-elle !
— Quoi ?
— Foncez à l'immeuble du tireur. Il n'est pas seul !
— Où allez-vous ?
— Il y en a un dans l'immeuble d'Héléna. »
Dans un souffle, elle se mit à courir vers l'entrée.

La voix de Farius se faisait de plus en plus pressante :
« *Je l'ai créée pour nous ! ... Alors, ce sera un aigle à deux têtes... Triumvirat...* »
Puis ce fut celle de sa sœur qui s'imposa :
« *Facile ! Les quatre cavaliers de l'Apocalypse ! Tu vois, là, le jeune homme en noir qui a les yeux bandés représente la balance. Comme celle de la justice dont on couvre les yeux afin qu'elle soit plus juste. Lui, en rouge, a tout à fait l'attitude d'un homme brandissant une épée, le blanc, un arc et le vert, une faux !* »
Franck se raidit d'un coup. Ses interrogations donnaient enfin naissance à des certitudes qui s'imposaient. Il baissa les yeux vers l'homme blessé.
« Je l'ai créé pour nous ! JE est : UN.
L'Aigle à deux têtes ! Par définition : DEUX
Triumvirat, trinité ; tout indiqué : TROIS.
Les cavaliers de l'Apocalypse : QUATRE.
Et... »
Anthony, entre deux toux grasses et imbibées de sang, riait, mais d'un rire de plus en plus grave, de plus en plus éteint.
« Les couleurs ne représentaient pas les Quatre cavaliers de l'Apocalypse...
— Nooon, c'était totalement dépassé ! C'était le rêve...

Mmh… de quatre hommes vivant à une époque… Ah ! … où la croyance dominait…

— Mais maintenant, nous sommes à l'aube d'un monde régi par les lois de la nature. »

Franck passa en revue les couleurs. Le rouge, le vert, le noir et le blanc et si on rajoute le jaune…

« Les éléments ! Vous êtes : CINQ !

— Ah ! Ah ! … C'est… Oui… Comme les doigts de la main. Mais… je peux vous avoouer quel… quelque chose … Je n'étais pas le… le cheval pâle… Non… Je suis… la terre… Après, l'explo… l'explosion au cimetière… je… je suis resté… enfoui sous les décombres… Je m'étais préparé… à ça… Et qu… quand vous avez ret… retrouvé vo… votre père… j'étais juste là… caché… dans la terre… Je suis… JE SUIS LA TERRE !!! Et j'attendais le bon moment… Pour vous suivre jusqu'aux fe… feuillets manquants… Et… Mmm… nous voilà… Maiiiis… mais vous vous trompez… Nous ne sommes paaas… mmh ! cinq… Nous sommes UN »

disant cela, dans un dernier râle, Anthony Zinger poussa son ultime soupir.

Franck s'accroupit.

« Qui est le cinquième ? QUI EST LE CINQUIÈME ??? »

« On ne nous tire plus dessus, j'ai l'impression ! »
Héléna avait son oreille collée à la porte de la salle de bain.
« Attendez, je vais voir ! » Elle ouvrit la porte à nouveau. Elle marcha à quatre pattes jusqu'au canapé. Elle sentit un petit air frais pénétrer le lieu. Il n'y avait plus de fenêtres et elle pouvait voir facilement que le tireur en face en était

après la police. Elle en profita.
« Suivez-moi, mais restez le plus possible à couvert. »
C'est ce qu'elles firent jusqu'à la porte d'entrée. Héléna l'ouvrit et elles sortirent dans le couloir central qui servait d'axe. C'est à ce moment précis qu'Héléna se rendit compte que les appartements ne tournaient plus. Elle se demandait si c'était ça qui la chagrinait depuis un moment. Le moteur étant totalement silencieux dans la turbine centrale, elle n'avait pas pris le temps de se poser la question à savoir pourquoi le panorama ne changeait pas. Voilà aussi pourquoi le tireur avait pu les prendre pour cibles aussi longtemps. Elles allaient prendre l'ascenseur quand les portes de ce dernier s'ouvrirent. Au centre, Zinger père, un pistolet automatique en main, les mit en joue. Il souriait. Il était encore une fois le vainqueur, il se sentait tout puissant. Les trois femmes reculèrent alors que lui sortait de la cabine.
« Mesdames, je suis le cavalier blanc… Je suis le métal… je suis le fer… Je suis la balle ! »
Une détonation le stoppa net. Elle venait de la porte des escaliers de secours. Élise sursauta et poussa un petit cri. Cri dominé par un hurlement de douleur. Zinger était touché au front. Ayant lâché l'arme pour tenir sa tête en sang, Adila en profita pour avancer prudemment, tenant dans sa ligne de mire le blessé.
« Alors, Sergent Zinger… Le cavalier voulait prendre la tour. C'était sans compter un des pions. On peut toujours compter sur les pions. »
Elle montra de la tête l'issue de secours à Héléna.
« Filez par là. Vite. » Alors qu'elles prenaient la direction de la porte de sortie, Zinger se frotta l'oreille.
« Fergusson ! La turbine.

— Qu'est-ce que tu fous ? » cria Adila alors qu'elle s'apprêtait à lui passer les menottes en ayant au préalable poussé l'arme du pied.
« Je préviens le Feu ! »
Il la regarda sans aucune expression.
Une explosion retentit.

« Un cinquième... réfléchit, Franck ! Qui peut être le cinquième élément ? » Il était à genoux aux côtés de Frédéric, indifférent à la marée rouge qui s'étalait au sol, suivant une légère pente !
Il était loin de se douter du drame qui se jouait en ville. Mais le contact humide du sang contre les articulations de ses jambes lui fit pencher la tête. Sans le vouloir, il suivit du regard le ru rouge s'agglutinant contre le mur dont les deux portraits de Hyde et Moreau survolaient de leur superbe le dallage inégal.
Le flot rouge suivait des sillons particuliers qui s'arrondissaient parfois, créant des nœuds, des arabesques, des courbes, des lignes... des dessins ? Non... DES MOTS.
Il se leva d'un bond. Il commença à lire :
    « U... s'amusa du jeu de... mots. »
Il mordit sa lèvre supérieure avec les dents d'en bas. Son regard était de flammes ! « U... » Il fit le tour de la question et s'arrêta droit devant le portrait de Hyde...
« Tout est lié à toi, n'est-ce pas Dr Jekyll ? U, c'était ton notaire, Maître Utterson. Que disait-il déjà ? "Hyde and Seek" ! Ce qui revient à dire, cache et cherche. Soit le jeu de cache-cache »
Il quitta un instant ce tête-à-tête inattendu. Il allait

maintenant s'adresser à qui de droit :
« Ces couloirs ne sont pas les seuls, n'est-ce pas, papa ? Imaginons… imaginons que tu aies voulu me prévenir : « Souviens-toi de "La chute de la maison Usher". Et tout comme Roderick, je la déposerai sous terre, entre deux murs. Au fil du temps, les couloirs ont été changés. Mais fais confiance en la marque des anciens croyants. Ce qui est visible ne l'est pas pour tous. » »
Tout en prononçant ces paroles, il prit la petite croix dans sa main droite et la porta à sa vue.
« Oui, je pense que c'est ce que tu as voulu me transmettre… cher, très cher géniteur. Au 19e siècle, une partie du monde était chrétien. Et leur emblème était la croix. Sur ces tableaux, aucune représentation religieuse. Jekyll, Moreau et Griffin, en tant que scientifiques, médecins et darwiniens, avaient rompu avec les traditions de foi de leurs ancêtres. Mais Dorian Gray… n'était pas un scientifique. C'était un décadent… qui ne pouvait assumer ses responsabilités, s'imaginant que c'était son propre portrait qui était le moteur de toute action, jetant un voile sur ses propres ressentis. Cherchant à vaincre le temps, le corrompre et atteindre l'éternelle jeunesse. Il jouait donc à cache-cache avec ses propres certitudes, avec sa propre foi. Il était irlandais, donc chrétien et catholique. »
Il s'approcha du cadre. Sur la moulure du bas, une empreinte bien définie.
Il plaça la petite croix à l'intérieur. Elle l'épousa parfaitement.
L'enfonça. Le mur glissa sur le côté gauche.
Franck se retrouva face à un croisement doté de trois couloirs avec sur les frontons des chiffres.

Mais pour lui, c'était une évidence.
Il prit celui dont le nombre était 1888.

Chapitre 11 : Sur les toits.

L'explosion du moteur extérieur de la turbine avait ébranlé la façade. Dans la rue, les policiers s'étaient couchés alors qu'un camion blindé fonçait vers l'immeuble d'en face, d'où Fergusson les canardait.
C'était lui le spécialiste des explosifs ; c'était lui, le cavalier rouge, le détenteur du Feu.
Dans les escaliers de secours, Héléna, Katerina et Élise furent tout d'abord jetées sur les marches. Héléna en dégringola deux ou trois avant de se taper l'arrière du crâne contre le palier. La mère et la fille la rejoignirent, mais comme des poupées désarticulées, elles avaient du mal à garder leur équilibre précaire. Des morceaux de plâtre et de verre s'effaçaient des murs pour venir s'éteindre au sol dans des éclats inaudibles. Le son de la turbine était devenu tellement fort que rien autour ne pouvait s'entendre.
Zinger profita de cette anarchie temporaire pour tenter de regagner le même chemin, c'est-à-dire, l'escalier de secours.
Alors qu'il allait emprunter la première marche afin de descendre et traquer ses cibles, Adila tira une balle qui stoppa net sa progression. Elle avait chu à la suite de la secousse et n'avait pas voulu perdre de temps à se mettre à genoux pour faire feu ; elle préféra prendre la position enseignée à l'Académie de police nommée « le croissant de lune ».
Rapidement, Zinger décida de grimper. L'immeuble n'étant pas haut, il savait qu'il pourrait rejoindre d'autres toits sans souci. Sa blessure au front était superficielle,

mais le sang coulant sur les yeux le défavorisait assez pour ralentir sa course. Adila tira une autre balle, mais le fuyard avait réussi à disparaitre, commençant l'ascension des étages.

Elle se mit debout et le suivit, imitant l'allure du sergent avec plus de facilité. Cependant, pour un homme de son âge, il était en parfaite condition physique. Cela la déstabilisa.

 Elle se mit soudainement à tousser. Une étrange fumée se dégageait de la turbine. L'immeuble dans son entier frissonna comme secoué par un tremblement de terre. Le moteur se mit à vrombir. Des voisins apeurés ouvrirent leur porte en espérant échapper au drame.

Adila continua sa course effrénée. Mais la grimpée était instable.

Des personnes, habitant les étages supérieurs, voulant aller à contre sens dans ce voile vaporeux, la firent choir ; mais elle se releva avec une aisance qui parut incroyable dans un pareil moment.

Les appartements, alors, se mirent à tourner à une vitesse dangereuse pour la structure.

« Descendez ! Vite ! Fuyez ! » s'époumona-t-elle !

Des meubles, des objets de la vie quotidienne, toute une vie partaient en fumée.

L'immeuble, s'embrasant, devint une torche.

Adila arriva enfin, tant bien que mal, à rattraper le fugitif. Mais ce dernier, façonné par des années d'expérience dans le domaine du combat rapproché, réussit le tour de force de la désarmer et la jeter au sol.

Il allait faire feu avec l'arme de service, quand une deuxième explosion se fit entendre, lui faisant perdre l'équilibre. Le feu ravageur gagnait la soupente du toit.

N'ayant plus le choix, il sauta sur une toiture située plus de deux mètres en contrebas, dans le sens inverse de la bascule.

Adila, mue par un instinct de survie formidable, le suivit dans cette chute.

Elle roula sur le toit salvateur et prit sa deuxième arme, un petit revolver collé à sa cheville, caché par son pantalon.

En bas, Héléna, Katerina et Élise sortirent sans temps morts, crachant des glaires noires ; elles coururent sans se retourner.

Les policiers pris entre l'incendie derrière eux et les balles venant de devant étaient cernés.

Alors que l'on entendait la sirène des pompiers alertés, au lointain l'escouade bondit dans l'immeuble d'où les tirs venaient.

Ils grimpèrent quatre à quatre les escaliers.

Arrivés sur les lieux, le désert les accueillit.

Le tireur n'était plus là ; l'arme, en revanche, continuait à tirer toute seule.

Le supérieur se mit à genoux derrière elle, appuya sur un bouton et l'arrêta net.

Sauvant ainsi plusieurs vies.

De toit en toit, Adila fonçait. Elle gagnait du terrain sur Zinger qui commençait à s'essouffler sérieusement. Dans sa course effrénée, il se retournait parfois pour tenter d'ajuster un tir ; elle se jetait alors derrière n'importe quoi afin de se mettre hors de portée. Elle répliqua par deux fois, mais préféra économiser ses balles. Car Zinger avait son automatique chargé de 45 balles alors que son revolver n'en avait que 10.

Faisant un saut de trop, il tomba. Puis se releva, frottant le bas de sa jambe. La jeune femme profita de cet avantage et

bondit sur lui. Dans la lutte, un coup de feu partit vers le bas. Alors que le combat faisait rage entre les deux parties, ils ne se rendirent pas compte que l'impact de la balle et leur poids faisaient chanter un dôme en verre sur lequel ils luttaient. Quelques secondes plus tard, ils le traversèrent. La chute fut rapide. Un premier choc. Puis un second plus intense.
Tous deux se relevèrent, abasourdis par l'envol et l'atterrissage. Zinger se jeta sur son arme qui était à vingt centimètres de lui. Adila cherchait la sienne. De la surprise, des cris, du mouvement ; ils étaient dans un théâtre avec, sur scène, des musiciens en train de répéter.
« Mettez-vous à couvert ! » cria-t-elle en plongeant derrière des fauteuils où se trouvait son revolver. Zinger sauta sur la scène parmi les artistes hurlant et courant de tous les côtés. Il se retourna et recommença à faire feu. Une balle atteignit une musicienne en pleine tête. Un autre fut touché mortellement dans le dos. Les corps tombaient comme des mouches. « Bon sang, couchez-vous ». Elle ne pouvait pas répliquer, elle ne pouvait pas tirer. Elle risquait de blesser voire de tuer des innocents. Aucun angle propice. Il continua à tirer. Tirer… Tirer…
Et… plus rien.
Elle se releva doucement, prête à répliquer. Des larmes, roulant sur ses joues, effaçaient dans leurs sillages, la poussière et le sang. Elle se sentait sale, meurtrie et coupable ! C'était avec son arme qu'il avait assassiné de sang-froid toutes ces personnes. Jamais elle ne se le pardonnerait. Une symphonie de sons souffreteux et agonisants emplissait l'espace.
Des corps sans vie. Des vies sans corps.
Des instruments éventrés. Des cordes cassées.

Elle effleura son oreille.

« Ici détective Adila M'Koumbé ; envoyez tout de suite des ambulances et du renfort au Grand Théâtre de la Ville. Dépêchez-vous ! »

Tout en parlant, elle sauta sur scène avec vivacité et parcourut l'ensemble des coulisses. Côté cour, côté jardin. Elle pointa son arme vers les cintres, vers les portes des loges. Entra dans celles-ci. Elle y croisa des regards éperdus, des visages grimaçants, des hommes et des femmes pleurants, se blottissant les uns contre les autres. Tremblant de tout leur être.

Du sang et des larmes.

Elle était anéantie.

Lui avait disparu.

Chapitre 12 : Mythes et réalités.

Il apparut à la lumière de sa torche. Le lieu était à nouveau une impasse, mais était garni de tout ce qui pouvait se rapprocher de près ou de loin à l'univers victorien.
Fauteuils rouges, au dossier et à l'assise moisis, tables, bibelots, lampes à pétrole, tubes à essai, matériel médical, éprouvettes, alambics… le tout recouvert de toiles d'araignées et de poussière.
Des rouleaux de papier, plus ou moins en décomposition, des plumiers, de l'encre durcie.
Il promena sa torche afin de mieux saisir l'environnement.
La forme ovale de l'architecture était assez surprenante si on devait la comparer aux autres salles carrées ou rectangulaires.
Sur les deux murs se faisant face, les mêmes tableaux. La grande différence était marquée par le changement brutal d'attitude.
Autant dans l'autre salle, les personnages se présentaient comme des gentlemen britanniques, dans toute leur splendeur et leur élégance.
Autant, dans celle-ci, les caractères violents et sans âme laissaient paraître leur instinct diabolique.
Jekyll, vêtu d'un gilet rouge et d'une chemise éclaboussée d'hémoglobine, avait le visage presque boursoufflé par la haine et le regard était de flammes.
Moreau, en long tablier gris tâché de sang aux abords d'une table sur laquelle gisait un corps composé d'un

homme et d'un animal, dévoilait un sourire sinistre. Griffin, dont une partie du corps était invisible, laissant le décor du fond se voir à travers lui, tenait en sa main la gorge d'une jeune femme qu'il était en train d'étrangler. Dorian Gray, habillé d'une simple chemise, entouré d'hommes et de femmes dans des positions trahissant la luxure et la dépravation, observait un portrait de lui. Franck chercha de quoi éclairer un peu mieux ; il trouva un interrupteur tournant juste à côté du premier tableau sur le mur de gauche ; l'ayant manipulé, une lumière jaunâtre envahit le lieu.

« L'électricité n'est pas celle de ta génération, papa. Tu as laissé celle d'origine ? Non, je ne crois pas. Ce qui veut dire que cette salle a vu passer plus d'un personnage au fil du temps. »

Il tenta de prendre un parchemin qui se désagrégea sous ses doigts.

Il observa avec beaucoup d'attention l'univers l'entourant.

« D'accord papa. Alors, plus de boîtes à énigmes. Plus de passages secrets. Ce lieu serait une impasse ? »

Instinctivement, il fit non de la tête. Il ne pouvait se résoudre à imaginer qu'il s'était trompé.

« Qu'a dit Anthony Zinger, déjà ? Nous ne sommes pas cinq, mais UN ! Les Wuxing, les cinq phases étaient de la plus haute importance dans la cosmologie traditionnelle de l'ancienne Chine… Mais… tes amis, ignares, ont délibérément bafoué ces croyances pour donner de la valeur, du concret à ce qu'ils sont en train de commettre. Ils sont tellement à court de connaissances et d'inspiration qu'ils en sont à dévier toute sorte de pensées contraires à leur folie. Ils sont UN ! Oui, ils sont Hyde ! Ils se cachent toujours, ne sortant que pour commettre leurs forfaits abominables. Comme ces quatre hommes figés dans des peintures d'un autre temps… »

Tout en disant cela, il inspectait chaque détail de la pièce. Se retournant, il vit sur le fronton supérieur de la voute, une boîte noire ornée d'une sorte d'œil, scellée au plafond.

Il prit un des fauteuils et grimpa afin d'atteindre ladite boîte.

Cherchant à l'ouvrir du bout du doigt, il appuya sur un bouton et se retrouva ébloui pas une lumière blanche, remarquablement vive, dont la source était en quatre points bien distincts, mais d'égales distances.

Il fut à deux doigts de tomber à la renverse.

Descendant du fauteuil, il vit au milieu de la salle, une projection holographique d'un homme… qu'il reconnut aussitôt.

Il recula. Et dans un élan, alla éteindre la lumière afin de bien s'imprégner de cette image mouvante. Qui paraissait si réelle.

« Cher voyageur, si tu es arrivé à ce stade, c'est que tu es digne de connaitre la vérité.

Et si c'est toi, mon fils, mon cher fils… tu le mérites d'autant plus.

Pour commencer, faisons un bond en arrière de plusieurs décennies.

En 1886, Robert Louis Stevenson fit publier son court roman "L'étrange cas du Dr Jekyll et Mister Hyde". Cette histoire, partie d'un simple cauchemar sur le dédoublement de la personnalité, toucha au plus haut point la sensibilité d'un jeune médecin. Il avait tellement à cœur de comprendre l'esprit, l'âme pour lui n'ayant aucune incidence sur les décisions ou les réactions humaines, qu'il se mit à effectuer des recherches afin de donner du concret à ce conte.

Un an plus tard, en 1887, à Londres, on retrouva des corps mutilés de femmes dans la Tamise. Il ne restait, d'ailleurs, que les troncs. Aucun membre ni tête. Scotland Yard avait été averti, mais ne pouvant identifier les corps et, comme la "High Society" n'était pas directement concernée, ils laissèrent tomber.

En effet, beaucoup de pauvres vivaient dans l'East End. Et si certains disparaissaient sans laisser de traces, aucune enquête n'était lancée. Au contraire, pour certains bien-pensants, cela permettait d'assainir un peu la ville de cette engeance.

Ce n'est pas ce que je pense Voyageur, c'est ce qu'il en était à l'époque.

Cependant, notre médecin tenta de comprendre le pourquoi du comment. Il ne pouvait se résoudre à accepter le fait que des êtres humains puissent se volatiliser sans que personne ne s'en inquiète. Ayant pu voir de près certains de ces restes humains avant qu'ils ne soient balancés, il en déduisit que la personne ayant pratiqué ces mutilations n'était autre qu'un chirurgien ou un boucher. Un professionnel du corps médical ou sachant parfaitement se servir d'un couteau bien affûté ou d'un scalpel.

Il entendit parler d'un docteur qui faisait d'importantes recherches sur la complexité des corps. Tout comme dans le "Frankenstein" de Mary Shelley. Sortant son argent sans compter pour payer des indics, il réussit le tour de force de remonter à la source. Il mit en évidence la vérité. Mais celle-ci fut plus ambigüe qu'il l'aurait souhaité.

L'homme coupable de ces exactions n'était autre que son cousin germain, chirurgien, qui faisait des expériences génétiques totalement absurdes. Il était persuadé que l'on pouvait fusionner des corps humains à des parties animales et vice-versa.
Il avait comme complice, un jeune dandy, aux abords très charmants, et immensément riche, qui s'acoquinait avec des prostituées. Il les faisait venir chez lui. Elles étaient d'abord violées, puis assassinées et découpées en morceaux.
Les restes qui ne pouvaient pas servir, un autre complice, un assistant chimiste, les transportait et allait les jeter dans la Tamise.
Il était comme invisible, car il avait un visage et une tournure sympathique. Il pouvait se fondre dans la masse.
Il était Monsieur tout le monde.
Ces trois hommes se retrouvèrent face à ce jeune médecin, totalement médusé par tant de cruauté.
Il leur demanda de cesser. Il leur raconta que s'ils ne coopéraient pas, il irait voir la police et que si lui-même disparaissait, une lettre serait apportée par son avoué à Scotland Yard. Son cousin accepta… à contrecœur… Il lui jura de ne plus rien entreprendre à moins qu'il ne vienne, lui-même, grossir les rangs.
Le jeune médecin déclina cette morbide invitation.
Rentré chez lui, troublé par l'aspect macabre et révoltant de l'histoire et ne comprenant pas ce qui pouvait amener un être humain à faire de telles choses, il se mit en devoir de découvrir les tréfonds de l'esprit.
Il se remit donc à la tâche, sans relâche, afin de trouver une solution chimique. Un antidote qui pourrait les remettre dans le droit chemin ; celui décrit par le serment

d'Hippocrate. Celui qui sauve des vies et non qui les prend.
Il mit au point un breuvage, une drogue, qui arrivait à dissocier, à ce qu'il croyait alors, le bien du mal.
Tout comme Jekyll, il le but.
Tout comme Jekyll, il en ressentit les effets troublants.
Il sortait la nuit, se comportant comme une brute, abusant les gens, les blessant et même commettant l'irréparable… son premier meurtre…
Les lendemains de ces nuits dantesques, il avait des souvenirs confus. Cependant, quand il lut dans le journal que son double avait assassiné un homme de sang-froid, il voulut tout arrêter et tenta alors de renverser la vapeur en créant une sorte de contre poison à la noirceur humaine…
C'était trop tard. La drogue s'était installée dans son corps et y distillait son infection de manière constante. À l'instar de Jekyll, il ne restait de lui que la partie monstrueuse qui s'y cachait.
Il retourna voir son cousin. Ce dernier eut du mal à le reconnaître, mais fut tellement heureux de l'accueillir.
À eux quatre, ils créèrent le personnage de Jack !
Ce serait donc le nom de son double ! Jack !
Tantôt ici, tantôt là. Rapide, sans bruit.
Et c'est là que naquirent les Quatre cavaliers de l'Apocalypse.
Du moment qu'ils arborèrent les couleurs qui les caractérisaient, ils firent de Londres leur échiquier préféré. Tout le monde, y compris la reine Victoria, fut leur cible. Grèves, manifestations, ils allèrent jusqu'à conseiller George Lusk pour le pousser à former le comité de vigilance de Whitechapel.
Car…

Onze meurtres avec des modus operandi différents furent commis entre le 3 avril 1888 et le 13 février 1891 ; le tout regroupé dans un dossier du Metropolitan Police Service au titre évocateur de "Whitechapel Murders".
Ceux imputables à Jack l'Éventreur, dont le mode opératoire était reconnaissable, s'arrêtèrent brusquement en novembre 1888.
Que s'était-il passé ?
Un matin, le jeune médecin se réveilla avec une sensation de vide. Des lourdeurs dans les jambes, des crampes à l'estomac, la vue trouble et un équilibre instable. Il resta alité durant des semaines, crachant du sang et hurlant de douleur.
Un mois plus tard, il était redevenu l'homme qu'il était avant… sa transformation. Il s'était purgé… son corps avait rejeté de lui-même la substance. Ce qu'il avait fait était impardonnable et ignoble. Cependant, il était sous la domination d'une drogue. Les autres étaient de vrais assassins.
Mais restés introuvables, ils continuèrent leurs forfaits… jusqu'en 1891.
Cette année-là, le jeune dandy fut tué de plusieurs balles par une jeune femme sous le portrait de celui-ci. Elle raconta à la police qu'elle avait eu l'impression que le regard peint la suivait dans ses mouvements.
Oscar Wilde alors, intrigué par cette anecdote, se mit à écrire "Le portrait de Dorian Gray".
Le cousin chirurgien avait disparu. On raconte qu'il était allé se cacher sur une île quelque part au large des Antilles ou de la Méditerranée.
Le chimiste, qui cherchait réellement le moyen de maîtriser l'invisibilité, mourut écrasé par un train.

Quelques années plus tard, H.G. Wells se mit en devoir d'écrire les histoires du docteur Griffin alias l'homme invisible et du chirurgien dans "L'île du Docteur Moreau". Pourquoi laisser passer dix-sept ans après les faits pour laisser libre cours à son imagination et donner naissance à ses personnages hors du commun ? Je n'en sais rien. Je ne connais pas la réponse.
La littérature a influencé la vie d'un homme, l'a poussé dans ses retranchements.
Et d'autres ont influencé la littérature incitant des auteurs à pénétrer leurs pensées les plus sombres.
Mais ces hommes… malheureusement… eurent le temps de procréer. »

Chapitre 13 : Les quatre éléments

Adila se rendit compte que leur chute avait été amortie par le lustre qui pendait au plus bas. Elle regardait le dôme avec ses armatures en fer, inspirées de l'architecture de Gustave Eiffel et la partie en verre largement abîmée par leur lutte.
Puis elle baissa la tête. Autour d'elle, des policiers, des experts et des infirmiers grouillant comme une fourmilière. Depuis 48 heures, ils étaient en alerte constante et l'épuisement s'ensuivait de manière significative.
La fatigue et le désespoir se lisaient dans leurs yeux, dans leur regard.
Cependant, ils étaient là ! À effectuer leur travail sans trêve ni repos.
Son oreille bourdonnant, elle l'effleura.
« Allo ? » Sa voix était sourde et sans clarté.
— Adila ?
— Oui !
— Ça va ?
– Non, Héléna, ça ne va pas. »
Elle retint une larme. Respira à fond. Puis elle reprit la conversation.
« Tu as besoin de quelque chose, Héléna ?
— Écoute-moi ! Je crois savoir où se trouvent Farius et sa bande !
— Quoi ?
— Adila… Ecee-Abha.
— Au manoir ? Chez Franck ?

— Non, dans une petite chapelle en plein milieu de la forêt bordant la propriété.
— Mais comment as-tu…
— Trop long à t'expliquer. Fais-moi confiance. On se rejoint au manoir ? Ce n'est pas loin.
— OK ! Je suis obligé de finir ici. Je préfère venir te chercher. Au commissariat, ça te va ?
— C'est parfait. »
Elles effleurèrent leur oreille.

Les ambulances avaient reculé de plusieurs centaines de mètres. Seuls les camions Wasserlance étaient proches de la tour en flammes. Des milliers de litres d'eau étaient propulsés hors des canons. Des hommes, des femmes, des enfants, s'abreuvaient auprès des secouristes ; en larmes, en colère, en état de choc. Héléna, devant une des ambulances, se retourna vers le Commissaire de la Sécurité et des pompiers.
« Pourquoi les sprinklers n'ont-ils pas marché ? Et l'alarme anti-incendie ?
— Nous n'en sommes pas encore là, Madame. L'enquête débutera quand le brasier sera maîtrisé. »
Héléna approuva légèrement de la tête. Elle respirait avec deux tubes dans le nez qui lui envoyaient de l'oxygène. S'adressant à Katerina, elle les ôta, car cela la gênait pour parler.
« Vous ne pouvez pas rentrer chez vous, Katerina, vous allez venir avec moi au commissariat.
— Vous avez raison, Héléna. Nous venons avec vous. On dirait que ces hommes ont toujours un coup d'avance.
— Oui… Et je n'arrive toujours pas à avoir Franck ! Il

avait raison. La ville est devenue un immense échiquier.
— Et la tour vient d'être prise. »
Héléna regarda avec un de ses regards froids son habitat partir en fumée.
« Ils ne vont pas s'en tirer comme ça ! »

« Maintenant, je vais révéler les véritables noms des quatre premiers. »
Franck était suspendu aux lèvres de son père à la translucidité fantomatique.
« Le docteur Griffin était en réalité JOHN Elzeard Fergusson, le dandy Dorian Gray, ALFRED Philip Singer, le docteur Moreau, COREY Herrington et celui que l'on nommera le docteur Jekyll… KEITH Albert Joe Rakinson.
Remarquez bien la première lettre de chaque prénom : J. A. C. K. Jack !
Fergusson est le descendant direct de J.E. Fergusson.
Singer au fil du temps est devenu Zinger.
Herrigton était un aïeul du côté de la mère de Farius.
Et Keith Albert Joe Rakinson est mon propre ancêtre.
Quand il est parti s'installer en Allemagne, il a changé son nom.
Joe Rakinson devint Djorak.
Il ne faut pas lui en vouloir ; il était… un chercheur. Avec tout ce que cela comporte d'ambigüité.
Arrivé ici, il fit construire ce manoir à l'identique de celui dans lequel il vivait à Londres.
J'ai découvert tout cela, non par hasard, mais en cherchant et en déduisant.
Les anecdotes sont nombreuses… Mais, celle de Corey

Herrington est des plus savoureuses. Son père était soldat. En 1854, il fut incorporé dans le corps expéditionnaire franco-anglais de Saint Arnaud et lord Raglan. Corey avait alors une dizaine d'années… Pas plus. Ils s'installèrent à Paris. Son père, avant son départ pour la Crimée, lui offrit le livre "Le double assassinat dans la rue Morgue" d'Edgard Alan Poe. C'était cette fascination pour cette nouvelle et la rencontre artistique avec les œuvres de Gustave Moreau qui changea le cours de sa vie. Surtout après avoir vu une certaine œuvre. La Chimère ! »
« La Chimère ! » Franck était sous le choc. Son père poursuivit :
« Mais cette histoire n'est connue que de moi seul. Je l'ai souvent racontée à mon fiston. J'espère qu'il se souviendra… Que TU te souviendras, si tu m'écoutes, Franck !
— Je t'écoute papa !
— Si tu veux trouver le testament du docteur Rakinson, les écrits de ton aïeul, retiens bien : à travers la lumière, remonte le temps. »
Franck, les yeux fermés, répéta à voix basse cette phrase :
« À travers la lumière, remonte le temps. »
Son père enchaîna, mais sur un ton plus sarcastique.
« Cependant… pour les autres protagonistes, la musique ne fut pas la même. Chaque père racontant sa propre histoire à leurs fils… ou leurs filles… par le simple "bouche à oreille", les documents et les testaments de leurs aïeux restant introuvables, ils durent se contenter de récits tronqués et inexacts. Les années s'écoulèrent durant lesquelles les familles furent séparées par les guerres, réunies par les paix. Des retrouvailles dans la joie…
Des… des amitiés naquirent. Voire des amours. Jusqu'au

jour, où nous fûmes tous réunis. Nous étions quatre adolescents. Et là… Farius, Fergusson et Zinger me poussèrent à interroger ma mère au sujet du carnet rouge et de son caractère sacré. Elle était une grande détective, vraiment brillante. Elle me raconta que notre aïeul avait fait le nécessaire pour que jamais ce carnet ne tombât entre de mauvaises mains. Ne s'étant jamais mariée et ayant renvoyé chez lui mon géniteur, elle était la seule descendante de KEITH Albert Joe Rakinson. Elle avait ainsi rompu la tradition patriarcale. Mais… Un soir… Je… Oh ! Bon sang ! … Je commis l'impardonnable. Dans une rage non contenue, je… je la poussai contre un meuble, elle se cogna et se rompit les cervicales. J'étais tétanisé. Farius, alors, prit les devants. Une enquête de police sur sa mort était inacceptable et surtout inopportune. Avec Fergusson et Zinger, ils maquillèrent le crime en accident. Cette thèse fut rapidement agréée par la justice. Ma mère fut enterrée au cimetière de KopfHart. Quelques mois plus tard, la femme du majordome tomba raide, morte d'une crise cardiaque. Son mari s'étant absenté pour des affaires à régler au Royaume-Uni, affaires financières concernant la famille, je décidai de remplacer les corps. Ma mère DEVAIT rester près de moi. AVEC moi ! Je n'arrivais plus à dormir. J'étais terrorisé. Une nuit, je partis au cimetière… à la force des bras, je creusai la terre, ouvris le cercueil, sortis ma mère et mis sa remplaçante à sa place. J'enveloppai avec beaucoup d'amour le corps d'Élise Sophia Djorak et la plaçai tout d'abord entre les voutes du sous-sol. Lieu connu que de moi seul. Quand le majordome rentra, je lui annonçai que sa femme était partie sans raison de la maison. On la chercha longtemps… Le pauvre homme perdit la raison.

Un jour, il disparut lui aussi. Mais mes trois "amis" ne me lâchaient pas. Ils voulaient que je retrouve le carnet du grand premier et reprenne le flambeau des quatre cavaliers de l'Apocalypse. Entre-temps, je trouvai le moyen de mettre le corps de ma mère dans un sarcophage, à la manière des Égyptiens. Mais je ne souhaitais pas qu'elle soit allongée. Je voulais la voir debout, comme elle l'a toujours été. Debout, droite dans ses bottes. Alors, je plaçai le sarcophage verticalement dans la chapelle que vous avez forcément traversée… que tu as indubitablement découverte, Franck ! Les semaines passèrent… après plusieurs amours sans lendemain, je rencontrai… enfin… celle que… pour laquelle j'étais destiné… que j'aimerais jusqu'à la fin des temps. Elle était de petite taille, mais avait un cœur et un courage inégalés. Je l'épousai… elle donna naissance à un fils. Nous partîmes quelques mois loin de ce lieu maudit. Mais, la guerre déclarée, nous préférâmes rentrer au manoir. Ecee-Abha, comme le nommait Farius en raison de ses coordonnées géographiques. Et c'est à ce moment-là, après avoir résolu quelques énigmes, que je découvris le carnet de Hyde. Je me rendis rapidement compte qu'il manquait quatre pages. Quatre pages non négligeables. Mais je priorisai tout de même l'idée de le mettre sous abri, de le cacher ailleurs dans un lieu totalement introuvable… dont je suis le seul dépositaire. Enfin, presque le seul… Mon fils m'a vu… Franck, tu sais où elle est. Au fait… Ce qui est amusant dans cette affaire… C'est que… Farius, Fergusson et Zinger ne savent rien de leurs ancêtres. Ils sont persuadés qu'ils sont les vrais descendants des personnages de la littérature… Le temps a corrompu la vérité… J'entends sonner ; je vais devoir

arrêter. Franck, si, si c'est toi qui es là, présent en face de moi… J'ai des remords moi aussi. Mais l'Amour a été plus fort que tout. »
Franck resta un moment dans le noir.
Les faisceaux lumineux s'étant éclipsés en même temps que son père. Il n'arrivait même plus à penser, à voir, à entendre, à sentir.
Il venait d'apprendre qu'il était le descendant de Jack l'Éventreur.
Un monde ancien s'effondrait.
Un autre naissait.

 Adila arriva au commissariat. Elle demanda à l'un des officiers affairés où se trouvait Héléna.
« Je ne l'ai pas vue.
— Comment pas vue ?
— Non, pose la question à Sacht. C'est lui qui commande ici en l'absence de Franck. »
Le lieu grouillait d'hommes et de femmes en mouvements constants. Jamais elle n'avait vécu cela. On était en guerre. Elle entra dans un des bureaux.
« Sacht, t'as pas aperçu Héléna Henderson ?
— Non, je l'attends toujours. Elles devaient venir avec Madame Derantour et sa fille pour les mettre sous protection.
— C'est elle qui conduisait ?
— Non, elle était trop sous le choc. C'est un de mes hommes qui devait les amener ici ; mais il ne répond pas.
— Putain ! » Ce mot était sorti du cœur.
« Je dois partir. Sacht, est-ce que je peux prendre deux de tes officiers avec moi ? J'ai un très mauvais pressentiment.

— Bien sûr. »
Il se leva de son bureau et cria de la porte.
« Leone, Berger, allez avec la détective-inspectrice M'Koumbé. »
En se retournant, il l'attrapa par le bras, très doucement.
« Tu vas bien ? J'ai appris ce qu'il s'était passé au théâtre. »
Elle mit une seconde ou deux avant de répondre. Ingurgita sa salive. Fit pivoter sa tête vers son collègue.
« Oui, je vais bien. Je te remercie. » Elle ponctua d'un sourire un peu éteint sa réponse. Elle allait partir quand elle se ravisa.
« Au fait, si Franck appelle, dis-lui qu'on est en route pour sa maison.
— OK ! »

Franck était toujours dans le noir.
Il était dans un état où se mélangeaient, en parfaite alchimie, l'émotion, le désarroi, les questionnements et la fatigue.
Il s'assit une minute dans le fauteuil rouge et ferma les yeux.
Il fallait qu'il se concentre.
Le chiffre quatre revenait souvent.
La singularité de cette affaire était comme un écheveau de plusieurs fils aux couleurs différentes.
Il mit de côté, pour plus tard, les fantasmes des assassins pour se consacrer totalement à l'étude psychologique de ces derniers.
Les cinq éléments… Cinq phases… Cinq couleurs…
Les couleurs… Les couleurs étaient peut-être la clef…

Il se leva.
Ralluma le lieu.
Et se posta sous chaque tableau.
« Alors papa... Les codes couleur ne sont plus les mêmes.
Le blanc est le métal... je pense à Zinger, tireur d'élite.
Le rouge est le feu... Fergusson, spécialiste des explosifs.
Le jaune est la Terre... Ça, je le sais. C'est Anthony Zinger.
Le noir est l'eau... Farius pour sa capacité à surprendre. Il est un flux et un reflux, un long fleuve tranquille, une cascade, un tsunami.
Et le vert est le bois... Le bois... Qui est le cinquième élément ? »
Son cerveau travailla à une telle vitesse que lui-même n'arrivait pas à maîtriser sa pensée.
Il se retourna et regarda vers la voûte.

Des lettres, des mots s'illuminèrent en son esprit en marche.

Le métal dont on forge les armes de combat
Le feu est destruction
Le bois est purification
La terre est issue du chaos et dernier asile
Le bois est...
... est...
Franck soudain se raidit.
La terre... le feu... l'eau... le métal... le bois...
La terre... le feu... l'eau... le métal... le bois...
Le bois... LE BOIS !
Il sortit en courant. Se rua de toutes ses forces en prenant tous les chemins en sens inverse. Grimpa les escaliers

quatre à quatre.
Il effleura son oreille.
« Adila !
— Franck ? Mais t'étais où ?
— Trop long à t'expliquer. Là, je suis au manoir.
— Franck, je crois qu'Héléna a été enlevée. Avec Katerina et sa fille. Elles devaient se rendre au commissariat accompagnées d'un officier… mais il ne répond pas.
— Merde ! Merde ! Merde ! » Franck tremblait.
— Héléna avait découvert quelque chose. Une cache dans la forêt. Une ancienne chapelle ou quelque chose comme ça où avait été retenue Élise, tout près de chez toi… Je pense qu'elles sont menacées… »
Franck ne répliqua pas. Mais son esprit en marche était à nouveau là, présent !
« Oui, elles sont en danger. Adila, écoute-moi bien ! Voilà, ce que tu vas faire. »

Une demi-heure après, à travers les arbres, on entendit gémir et pleurer. Juste une voix s'élevait un peu plus que les autres. C'était Héléna.
« Mais pourquoi ? Je ne comprends rien !
— Je sais que vous ne comprenez rien. Avancez ! »
Elles marchaient, mains liées. On les tenait en joue. Elles arrivèrent à la chapelle. On leur ouvrit la porte ; elles y entrèrent.
Au beau milieu de la salle principale, un cercueil, pareil à celui trouvé au cimetière, avec deux niveaux.
« Sortez-le. » Héléna s'exécuta.
« Écoutez-moi, il n'est pas encore trop tard…

— Il n'est jamais trop tard pour bien faire. Avancez ! »
Elles marchèrent en traînant la boîte en bois. Elle était lourde malgré son vide.
Arrivées dans la partie la plus dense de la forêt, on leur invectiva l'ordre de s'arrêter.
 « D'abord la demoiselle. »
Élise pleurait et criait : « Maman !
— Maman est là, ne t'en fais pas.
— Je vous en prie, ne faites pas ça.
— Taisez-vous Henderson. Vous n'avez pas votre mot à dire. Élise, entre dans la boîte !
— ELLE N'EN FERA RIEN ! »
À ce moment-là, Franck, sorti de nulle part, se trouvait en position de tir visant le porteur de l'arme. Ce dernier se retourna.
« C'est fini, Katerina ! Lâchez votre arme !
— Franck Alberty Djorak... Le plus tenace des emmerdeurs.
— Mais pourquoi ? Pourquoi vouloir du mal à votre fille ? » demanda Héléna.
— Oui, Katerina, expliquez à Héléna pourquoi vous voulez mettre votre propre fille dans ce cercueil en plein milieu de nulle part.
— C'est... Élise... En fait, tu n'es pas ma fille. Je t'ai enlevée alors que tu n'avais que deux ans. C'est la couleur de tes cheveux et de tes yeux qui m'ont incitée à te choisir.
– Farius vous a forcée ? »
Franck était inquiet ; Katerina pointait toujours son arme sur Héléna et Élise.
« Sérieusement Franck ? Tu poses cette question ! Farius, Fergusson et Zinger sont des débiles profonds. Ils n'ont

jamais pu imaginer quoi que ce soit. »
Elle se mordit nerveusement la lèvre inférieure.
« Vous voulez tout savoir ? Ton père, Franck, ton cher père... avant de connaitre ta mère, a couché avec d'autres femmes. Dont une qu'il avait mise en cloque, dix ans avant ta naissance. Il ne l'a jamais su. Ma mère n'a jamais voulu le lui dire. Eh oui, je suis ta demi-sœur. J'ai senti ton trouble lorsqu'on s'est vu la première fois au cimetière. Et aussi, ton questionnement en voyant une jeune fille blonde comme les blés aux yeux d'émeraude avoir une mère aux cheveux noirs et aux yeux noisette. Ça m'a beaucoup amusée. Seulement, voilà... je n'étais pas la bienvenue dans le monde de ma mère. Un monde d'hommes. Alors, elle me donna à Zinger. Et lui n'a rien trouvé de mieux que de m'engrosser. »
Franck reçut cette nouvelle à laquelle il ne s'attendait pas avec une certaine empathie pour Katerina.
« Anthony est votre fils ?
— Oui... C'est mon fils. Je n'avais que dix-sept ans à l'époque. Et on vivait sans le sou. Et j'en avais assez de cette misère alors que toi, tu allais profiter, un jour ou l'autre, de la fortune des Djorak. Alors, tirant avantage de cette fascination que mes... "amis" éprouvaient pour le carnet de Hyde, carnet qui était en la possession de TA famille, je me suis servie d'eux. J'ai monté tout le plan. Un plan qui aurait pu rendre fou l'initiateur, mais aussi celui qui le résoudrait.
— Ton plan était incroyable. Du pur génie.
— Oui ! C'est vrai.
— Raconte-moi. »
Katerina soupira.
Élise respirait en haletant, en hoquetant.

Ne pleurait même plus.
Était perdue.
Héléna aurait voulu la prendre dans ses bras, mais chaque fois qu'elle tentait de la rejoindre, Katerina faisait un mouvement avec son pistolet qui voulait dire « On ne bouge pas ! »
« Il y a vingt ans, je découvris que la fortune de notre père était… sans commune mesure. Alors, je me suis mise à jouer aux échecs afin de multiplier mes capacités à anticiper. J'étais douée. Très douée. Je pense que cela doit être génétique… mais du côté paternel. Bref. J'organisais des réunions de travail avec les trois tarés… Au fait, tu sais qu'ils pensent toujours qu'ils sont les descendants des personnages de la littérature ? Incroyable ce qu'ils peuvent être bêtes. J'ai eu du mal à apprendre les rudiments des échecs à Zinger. La seule chose positive, c'est qu'il m'a, en retour, enseigné le tir. Et je peux te dire que je tire bien, très bien même. Lui, il se prenait pour le maître des balles. »

Zinger avançait dans les allées de l'usine d'armement. Les employés tombaient comme des mouches. Il avait en main le disque du « faiseur de rêves ». Il poussait un caddy et de temps en temps, tirait une balle dans la tête des ouvriers qui ne pouvaient même pas se défendre. De l'acharnement à l'état pur. Alors que des corps tombaient les uns après les autres, comme du linge dont on aurait ôté la pince de la corde, Zinger aperçut une silhouette debout, qui ne bougeait pas.
Elle était face à lui, arme à la main.
« Tiens, tiens, tiens… La jeune inspectrice. » Il arrêta le

disque et leva un des bouchons de cire de son oreille gauche. Adila fit de même, en le tenant toujours dans son viseur.

— Zinger, je vous arrête. »

Les rares personnes pas encore endormies sortirent en vitesse.

« Tu sais que tu dois m'appeler Sergent Zinger ! Petite.

— Vous savez que vous devez m'appeler détective-inspectrice ! Mon grand. »

Il se mit à rire, d'un petit rire à la fois moqueur, mais réellement amusé.

« Vous avez une question à me poser ! Posez-la ! »

Adila, un instant déçappointée par cette remarque, remonta légèrement son visage.

« Pourquoi ne pas m'avoir tuée ? Deux fois… Par deux fois, vous aviez la possibilité de me mettre hors-jeu. Alors ?

— Si je vous dis ma petite, ce n'est pas un manque de respect. »

Sa bouche articulait des mots. Le son était sourd. Durant un court moment, le temps s'arrêta. Figé. Les sens éteints. Adila faillit lâcher son arme. Elle était submergée par une émotion si forte qu'elle en était paralysée. Et il finit par ces mots :

« Nous sommes les cavaliers de l'Apocalypse, les détenteurs des éléments… mais nous avons convenu que nous ne vous tuerions que si nous étions nous-mêmes en danger.

— Ah ! Oui et… la course… sur les toits… les tirs… La chute…

— Fillette, si j'avais voulu vous avoir, je vous aurais eue ! Alors, un conseil, lâchez votr…. »

Il ne put finir. Une balle en plein milieu du front mit un terme à la conversation. Adila s'avança calmement.
« Je ne suis pas votre fillette ! Connard ! »

« Grâce à une photo prise lors d'une réunion familiale quand ils étaient adolescents, nous avons pu jouer sur la fibre dantesque qui les faisait vibrer. J'allais faire d'eux les vrais cavaliers de l'Apocalypse. Aidé des échecs, naturellement, mais aussi en me servant de leur capacité militaire et leur incapacité à penser par eux-mêmes. Tout était fait afin que tu tombes dans le panneau, que tu te prennes les pieds et, conséquemment, dans mes filets aux liens ténus ; le tueur en série, les voyages cérébraux, le carnet de Hyde, la jeune fille à sauver, le cimetière, le faiseur de rêves, les attentats… En parlant de ça, c'était moi aux scellés et moi en haut de l'immeuble faisant feu sur la police et la population. »
Héléna était sidérée et lui revint en mémoire ce qu'elle lui a dit ce matin : « Grâce au détective Djorak et à vous, elle est en vie. On ne pourra jamais assez vous remercier de ce que vous avez fait pour elle. Je lui ai donné ce que vous m'aviez proposé et elle a bien dormi toute la nuit. »
Katerina eut l'air amusée de la voir si traumatisée par cet aveu. Élise était tétanisée.
« Oui, je t'ai utilisée tout ce temps. Je ne t'aime pas, sale mioche. Ce n'est pas ta faute. Il n'y en a qu'un que j'aime et c'est mon fils. Tu as vu, Franck, quel comédien c'est. C'est lui qui m'a appris à jouer la comédie de la mère éplorée, inquiète, reconnaissante. En parlant de famille… C'était tellement simple aussi de te faire courir chez tes parents adoptifs pour connaitre le pourquoi… du

comment… J'ai beaucoup ri. Revenons à Anthony, mon fils. Quand je lui ai raconté ce que je voulais faire, il n'a pas hésité à devenir un vrai rat de tunnel. Il ne faisait plus qu'un avec la terre. Pendant que je construisais le nouveau cercueil de notre grand-mère, lui s'exerçait à creuser à une vitesse… inimaginable ; il était devenu très doué. Il est aussi resté des jours entiers dans les bas-fonds du manoir après avoir transporté les corps morts de faim. Il voulait savoir ce que tu allais trouver. Et c'est encore lui, qui a mis le cheval noir sur ta cheminée.

— Pourquoi avoir assassiné la Gouverneuse et le juge ?

— Le juge, c'était personnel. Il représentait une autorité que je n'accepte pas. Quant à Fergusson, un sniper honorable, il a simplement visé ce qui bougeait. Lui avait l'impression de participer à un chaos total. Le cavalier rouge. »

Tout à coup, un pleur profond éclata. Tout le monde se retourna vers Élise.

« Tu… tu m'avais demandé de faire ce dessin.

— Eh oui, ma chérie. Quelques jours avant qu'on ne t'enlève. Amusant non ? »

Cette dernière remarque jeta un froid dans cette communauté au bord du gouffre.

« Et Farius ?

— Farius ? A toujours été un faire-valoir. Quand j'ai proposé que l'on raye "les cavaliers de l'Apocalypse" pour les remplacer par "les cinq éléments", il a voulu être le maître de l'eau. Ça tombait bien, la couleur noire était la même ! »

Le barrage était désert. On entendait de temps en temps le cri d'un rapace au loin. Farius surplombait la réserve d'eau. Il se sentait comme investi d'une mission divine. Il avait à la main un boîtier.

Des ombres furtives se déplacèrent de gauche, de droite, derrière lui. Un homme sortit du groupe d'intervention ; c'était le détective-inspecteur Sacht.

« Farius, posez le détonateur. »

Farius se retourna, sincèrement surpris.

« Comment ?

— C'est Franck qui m'envoie. Il m'a demandé de vous dire qu'il détient les quatre dernières pages. Que si vous les voulez, vous devez venir avec nous !

— Mais je suis le Maître des eaux maintenant ! Et il est grand temps qu'elles viennent purifier cette engeance que vous nommez ville.

— Il savait que vous alliez dire ça. Farius, vous ne pouviez contaminer les canalisations d'eaux potables avec la mixture de Jekyll. Vous aviez l'intention de créer un monde dans lequel l'anarchie règnerait. Alors, en grand maître des eaux, vous êtes venu ici afin d'exulter votre colère et engloutir l'Ancien Monde afin d'en créer un autre.

— C'est tout à fait ça.

— Et votre allié, le maître du Feu, a placé pour cela des explosifs.

— Et vous allez mourir avec moi.

— Je ne pense pas. Nous avons tout désamorcé depuis quelques minutes. Ça n'a pas été difficile ; votre maître du feu n'est pas un As dans le domaine de la pyrotechnie. Les points sensibles sont connus par les architectes. En un appel, nous avions les réponses. »

Farius, un moment décontenancé, baissa la tête en signe de rémission. Mais, dans un accès de rage, il leva le boîtier, appuya sur le bouton.
Rien ne se produisit.
Honteux d'avoir échoué, il le jeta par terre. En quelques secondes, Farius se retrouva mis au sol, menotté. Une fois remonté et fouillé, totalement livide,
Sacht s'approcha de lui.

« Origan Farius, je vous arrête pour enlèvement, séquestration, tuerie de masse et terrorisme. En fait, nous n'avons pas eu le temps de trouver les charges. Mais nous avons un brouilleur d'ondes haute fréquence. Risqué, mais on n'avait pas le choix ! »
Arrivés près des voitures, avant que Farius ne soit embarqué, Sacht se mit devant lui.
« Franck m'a aussi dit de vous dire : "Échec et mat !" »

« Je sais maintenant ce qui n'allait pas lorsqu'on nous tirait dessus. Vous vous êtes couchée avant les premières déflagrations.
— Bien vu, Héléna.
— Mais pourquoi ?
— J'avais eu l'idée de mettre mon appartement sur écoute ; quand ils ont su que vous alliez raviver la mémoire d'Élise, il n'y avait plus qu'une seule chose à faire. Et en plus, psychologiquement, c'était du pain béni. Le cavalier allait prendre la tour.
— C'était risqué, vous auriez pu être touchée par une balle. »
Katerina explosa littéralement de rire.
« Vous n'avez pas remarqué qu'il visait largement au-

dessus de nos têtes ? Et qu'ensuite, une fois que j'étais couchée, les rafales ont pris une direction plus… basse ?

— Non, désolée de ne pas être une experte comme vous.

— Mais, comme il vous avait ratées, Zinger est arrivé pour… disons finir le travail.

— Et ce cercueil était pour qui alors, si on devait mourir là-bas ?

— Pour Franck et Adila !

— D'accord… mais pourquoi nous emmener dans ce bois ? demanda Héléna.

— Ça, je peux répondre si tu veux bien, ma chère demi-sœur. »

Katerina approuva de la tête avec un certain sourire intéressé.

« Entre-temps, le plan se trouvant bouleversé, tu changeas de tactique. Tu as décidé de placer Héléna et Élise dans ce cercueil. Quelques minutes après, une explosion devait se faire entendre, due au maître du Feu, provoquant un incendie. Et vous deviez mourir toutes les deux, sans pouvoir faire quoi que ce soit. Car tu es la maîtresse du Bois. N'est-ce pas Katerina ?

— Bravo ! Mais pourquoi le conditionnel ? Il y aura bien une explosion et le feu se propagera à grande vitesse. Nous avons placé de l'accélérateur un peu partout.

— Je ne crois pas que ça marchera, Katerina. »

Il effleura son oreille.

« Leone, Berger, vous l'avez ?

— Affirmatif, Franck. Il était exactement là où Adila nous a dit d'aller. Nous l'avons arrêté. Mais il a été touché par une balle et nous attendons l'ambulance.

— Merci ! Bon boulot. »

Il effleura à nouveau son oreille.

« C'est fini Katerina. Fergusson est hors d'état de nuire.
— Qu'est-ce que ça peut faire ? Il y a toujours mon fils. Et lui est intelligent. Lui, il saura.
— Katerina.
— Quoi ?
— Il est mort.
— Mort ? Mooort ? »
Comme après avoir reçu un coup de poing dans l'estomac, elle sortit un son d'outre-tombe. Étouffé et sans âme. Franck était presque touché par ce cri de désespoir.
« Dans les tunnels, il…
— Tais-toi ! Tais-toi ! »
Elle l'inonda de son regard de flammes baigné de larmes. Elle renifla. S'essuya un peu de morve coulant des narines avec la paume de la main.
« Tu sais que tu n'as pas de nez, Franck. Pourtant, souviens-toi "À l'aune de la connaissance de l'art pictural, la face cachée est la vérité. Tout le reste n'est que silence !"… "Tout le reste est silence"… C'est dans Hamlet, pauvre ignorant. Et mon fils a joué… Il n'était pas… Hamlet… Il interprétait Laertes… Il aurait voulu, mais… Mmm… mais c'est lui qui m'a donné l'idée d'enlever une jeune fille aux traits d'Ophélie. C'est lui qui m'a soufflé cette magnifique phrase "Tout le reste est silence !". Hamlet est l'histoire tragique commençant par un fratricide. Et nous, c'est au contraire ce qui conclura notre affaire. Car, à ce stade, l'un de nous deux mourra.
— Ou aucun. C'est à nous de statuer, Katerina. »
Il attendit une réaction de sa part et décida de détourner la conversation.
« Au fait, pourquoi le nom Derantour ?
— Je trouvais que ça sonnait bien.

— Et ça sonne bien… Et pourquoi une escrimeuse, dans mon voyage mental ?

— Tu ne te souviens pas ? On m'a raconté que quand tu étais petit… chez tes parents adoptifs… Tu adorais regarder "Les trois mousquetaires." Un film. De cape et d'épée.

— Je connais, Katerina. Mais j'avoue…

— Tu n'en as aucun souvenir. On m'a dit aussi que tu te prenais pour D'Artagnan. »

Elle sourit tristement.

« Mon fils aussi avait des rêves. »

Elle l'observa.

« Les trois mousquetaires étaient en définitive…

— Quatre !

— On y revient toujours.

— Tu es une femme intelligente et cultivée. Tu t'en sortiras.

— Non. J'en ai assez de t'entendre. Tu as assassiné mon fils.

— Légitime défense.

— JE T'AI DIT DE LA FERMER.

— Tout cela pour avoir la fortune de mon père ? Le manoir ! »

Cette fois, elle éclata de rire.

— Oui… Car une fois que tout ce foutoir et ta mort auraient été mis sur le compte des fous furieux… j'aurais fait valoir mes droits. Et mon fils et moi aurions eu une vie… UNE VRAIE VIE. Franck, le manoir n'est pas ce que tu crois. C'est une mine, un trésor… Mais… »

Elle pivota vers Franck, l'arme dirigée vers lui. Il écarquilla les yeux et fit feu.

Katerina tomba, ventre au sol, les yeux figés.

Élise s'écroula en même temps qu'elle. Héléna crut un moment qu'elle avait été blessée. Mais elle était tout simplement évanouie. Héléna tourna les yeux vers Franck, agenouillé près de Katerina.
« La vie n'est pas un jeu d'échecs.
— Non, la vie n'est pas un jeu. La mort non plus, d'ailleurs. »
Sur ces paroles, il recouvrit sa sœur de son blouson.

Chapitre 14 : Conclusion.

Il était tard. Personne ne dormait dans le manoir.
Héléna était emmitouflée dans une couverture, une tasse de thé à la main, en position du fœtus.
Adila, assise en tailleur sur le tapis devant la cheminée, était calme, mais son esprit ailleurs.
Franck se versa un verre d'un alcool quelconque. Il ne buvait jamais, mais, là, il fit une exception.
Il s'assit dans le fauteuil en face d'Héléna.
Il y eut un grand silence.
Adila fut la première à le rompre.
« Comment as-tu compris, Franck ? Comment as-tu su ?
— Quand j'ai appris que leur choix en tant que formation de tarés n'était plus "les quatre cavaliers de l'Apocalypse", mais "les cinq éléments", j'ai commencé à revoir ma façon de penser. De réfléchir à leur stratégie. Ce n'était plus une compétition de jeu d'échecs, mais une démonstration totalement absurde d'une méconnaissance totale d'anciennes croyances. Que pouvaient faire trois anciens soldats et un histrion avec leur nouveau mantra ? "Je suis le métal !", "Je suis le feu !", "Je suis l'eau"… Bref… Ils ne pouvaient que pratiquer ce qu'ils maîtrisent le mieux ! La violence. Mais, cette fois-ci, guidée par une force dominatrice que sont les cinq éléments. Je me répétai, alors, sans cesse "Le métal, composant des armes ! Le feu induit la destruction ! La terre issue du chaos et dernier asile, l'eau source de purification…" Où forge-t-on les armes ? Dans une usine. Qu'est-ce qui peut brûler ? La forêt. Où trouve-t-on de l'eau afin de purifier toute une ville ? Dans un barrage. »

Il s'arrêta un instant pour boire une gorgée. L'alcool agressa son gosier et il toussa.

« Ce qu'il faut comprendre dans cette affaire, c'est que le minutage a toujours été très important. Il fallait régler cela rapidement. Je compris à ce moment-là qu'il fallait oublier un peu les codes couleur, mais plutôt s'intéresser à l'esprit de ces criminels. Fergusson étant, durant la guerre, un spécialiste des explosifs, je suis assez vite qu'il représentait le feu. Zinger, en sniper émérite, devait être obligatoirement le métal. Pour la Terre, c'était réglé. Anthony Zinger étant mort, il ne restait plus que l'eau et le bois. Farius est un fléau, un assassin. Sa première idée était d'empoisonner l'eau potable de la ville en y versant la liqueur distillée par mon ancêtre. Mais comme le carnet de Hyde n'était pas complet, il trouva amusant de faire de l'eau son cheval de bataille. Et le barrage était forcément l'arme absolue pour arriver à ses fins.

— La destruction de toute une cité.

— Parfaitement Héléna. Il n'y avait que le bois qui me chagrinait. Je n'arrivais pas à trouver celui qui symbolisait le cinquième élément. Et tout à coup, je me suis souvenu ! Le bois ou bois sacré est aussi l'emblème de la maternité, de la matrice. C'est à ce moment précis que tous les morceaux se rassemblèrent dans ma tête : l'apparition de ma mère lors de mon premier voyage mental, l'escrimeuse qui en voulait à ma vie lors du deuxième et qui se trouvait être, en réalité, une spécialiste des échecs… Tout était édicté par une seule et même personne dont le rôle de mère était essentiel. La Matrice ! La Forêt ! Le Bois ! Ce que je n'avais pas prévu, c'était son implication aussi meurtrière dans les actes, le fait qu'elle ne soit pas la mère d'Élise… Quoique, ça ! J'ai toujours eu, au fond de moi,

un doute… une interrogation. Elles ne se ressemblaient absolument pas ! C'était possible… une mère et une fille peuvent être dissemblables… mais… bon… que Katerina se trouve être la mère d'Anthony et ma demi-sœur… Ça… je ne l'ai pas vu venir. »
Il resta, quelques secondes, absorbé par ces deux images. Adila, alors, sans rompre le rythme explicatif, enchaîna.
« Quand Franck a su que vous étiez en danger, il m'a proposé d'aller à la manufacture de l'armement militaire, avec comme consigne de mettre des bouchons dans les oreilles.
— Oui, leur plan était d'attaquer plusieurs endroits, mais de manière conjointe. Et Zinger devait absolument récupérer le maximum d'armes et de munitions pour la suite de leurs périples. Pour cela, il n'y avait qu'une solution.
— Endormir les ouvriers. Il n'a pas hésité à en exécuter certains de sang-froid.
— Je sais. Il fallait faire vite.
— Bref, je l'ai eu. Mais en chemin vers l'usine, j'ai contacté Sacht de la part de Franck afin qu'il aille au barrage. Ce qu'il fit. Pour une fois, il a été très efficace. Et Leone ainsi que Berger avec ordre d'arrêter Fergusson. Lui, il finissait d'installer les bombes incendiaires. »
Héléna écoutait attentivement leur récit. Mais des points lui paraissaient encore flous.
« Ce que j'ai du mal à comprendre… Tout d'abord, la forêt jouxte le manoir. Avec l'incendie, il aurait pu brûler.
— Ce n'est pas le manoir qui intéressait Katerina. C'est ce qu'il y a dessous. Je vous montrerai.
— D'accord, mais comment elle a su qu'il y avait des couloirs secrets ?

— C'est un secret de Polichinelle. Elle comptait d'ailleurs sur son fils pour les découvrir et... en même temps... m'éliminer.
— OK ! ... Un deuxième point... Comment savais-tu où nous trouver ?
— Quand Adila m'a dit qu'Élise t'avait montré, par je ne sais quel biais, la chapelle donnant sur la forêt et proche du manoir, je me suis dit que l'esprit tordu de cette femme la pousserait à vous placer au centre même de ce qui la caractérise : c'est-à-dire le Bois. Malgré tout ce qu'elle a pu dire sur la bêtise de ses partenaires, sur leur folie, elle partageait, peut-être sans le vouloir, ou en le refoulant, leurs idéaux absurdes. »
Adila se leva, détendit les jambes et s'approchant de l'échiquier se trouvant sur le guéridon, elle fronça les sourcils.
« Mais Fergusson... Comment as-tu su où il se trouverait ?
— La forêt et le manoir sont en surplomb. Le barrage cédant, l'eau aurait inondé la vallée, mais non pas Ecee-Abha. Alors, le feu devait partir d'un endroit où Fergusson serait forcément à couvert. Plus précisément, à l'entrée du tunnel menant au manoir.
— Mais si l'incendie avait ravagé la forêt, Katerina aurait pu y rester.
— Non ! Parce que normalement elle devait quitter les lieux à ce moment-là. Élise et toi... Oui ! En revanche. Elle vous avait préparé une des morts les plus terribles qui soient. »
Héléna frissonna. Franck vint près d'elle et lui frotta les épaules. Au bout de quelques instants, elle leva ses yeux vers lui.
« Qu'est-ce qui va se passer concernant Élise ?

— On va enquêter pour retrouver sa vraie famille. Mais ça risque d'être compliqué. En attendant, elle restera dans une famille d'accueil. Je ferai en sorte que ça soit la mienne qui la prenne en charge ! »
Héléna secoua sa tête de haut en bas par petits à-coups compréhensifs.
« Franck, penses-tu que le fait de t'être démultiplié en trois lors de ton premier voyage mental, de t'avoir donné deux frères au physique et au caractère apparemment différents a été suggéré par ton inconscient ? Ton inconscient qui avait été témoin de l'assassinat de ta mère par ces trois hommes ?
— Peut-être.
— Franck, j'ai les moyens de t'aider à retrouver la mémoire de ton enfance, ou tout au moins, la partie la moins refoulée. Tu as envie ? »
Franck ne répondit pas. Son regard était vers Adila. Elle tenait le roi blanc de l'échiquier et des larmes coulaient.
« Ça va, Adila ?
— Non, ça ne va pas.
— Pourquoi ? » Demanda Héléna.
— Zinger… Il m'a raconté… Je sais pourquoi ils m'ont épargnée… Pendant la guerre, ils se sont retrouvés, Fergusson, Farius et lui dans un trou canardé par les ennemis. Ils étaient tous blessés plus ou moins grièvement, mais… Un homme a rampé jusqu'au trou, a pris Farius sur ses épaules… l'a transporté jusqu'à un véhicule médical. Puis, il est revenu pour Fergusson et enfin pour Zinger. Cet homme… Ce sauveur… s'appelait Koffi… Koffi M'Koumbé. Cet homme était mon père ! »
Un lourd et pesant silence s'abattit dans le salon.

Le lendemain, au laboratoire, Héléna, enlevant les pastilles blanches de la tête de Franck, bascula le fauteuil, qui était l'horizontale, afin de le mettre bien en face du mur.
Elle avait tout enregistré.
« Tu es prêt ? »
Franck approuva simplement de la tête.
Elle appuya sur un bouton.
Tout un monde se présenta à ses yeux…
Ses rêves, ses angoisses, ses souvenirs.
Témoin de ces moments exaltants, sidéré par tant d'amour de la part de ses parents.
Il a quatre ans, il joue. Il ne peut voir que ses mains et ses pieds.
Il perçoit une voix derrière la porte. Il écoute…
 « Le temps a corrompu la vérité… J'entends sonner, je vais devoir arrêter. Franck, si c'est toi qui es là, présent en face de moi… J'ai des remords moi aussi. Mais l'Amour a été plus fort que tout. »
Il s'écarte. La porte du bureau s'ouvre. Son père va ouvrir. Il observe. Il pleut. Un vieil homme entre et fonce sur son père.
« Où est-elle ?
— Je ne sais pas Hartman. Je ne sais vraiment pas où elle est ! Vous voulez vous sécher ?
— Nooon ! Je veux ma femme !
— Je suis désolé. Je ne… »
Le vieil homme ressort en claquant la porte.
Son père pleure. Son père le voit. Son père le prend dans ses bras.
Il a cinq ans. Son père le pose au sol. Il est dans le tunnel secret.

Il lui dit quelque chose à l'oreille. Il lui murmure…
  « À travers la lumière, remonte le temps. »
Son père l'embrasse. Se retourne. Tombe dans un cri.
Il voit ses propres larmes sur le sol terreux.
Il se retourne. Sa mère est morte.
Pourquoi ? Pourquoi ?
Ils sont là tous les trois.
Ils sont là… Là !
Mais en haut, on entend du bruit.
Ils l'emportent !
Ils sont dans le salon.
Il y a du bruit…
Ils étaient trois…
Non !
« Héléna, il y avait un quatrième homme chez moi, ce soir-là ! »

Postface

Pour plus de commodité, voici les personnages.

Les trois frères :
Franck
Alberty
Djorak

Les scientifiques :
Héléna Henderson
François   médecin légiste

La police :
Adila M'Koumbé
Berger
Leone
Sacht
Althéa Deshayes   Chef de la police

Les fous :
Farius
Fergusson
Zinger
Anthony Zinger

Les politiques :

La Gouverneuse
Le juge Klébert

Les victimes :
Katerina Frances Derantour
Elise

La famille Horvarth :
Tamas   le père
Aletta   la mère
Agota   1ère fille
Abigèl   2ème fille

Autres personnages :
Chanvret
Matteo Gallo
Le Haut-Commissaire
La Patronne du HCFI
Le directeur de la prison
Les policiers
La population carcérale
La population de la ville de KopfHart
Les hommes dansant
Les pompiers
Les fossoyeurs

Remerciements

Un grand merci à Alexandra, Catherine, Guillaume et Laurence pour leurs corrections, leurs retours et leurs conseils et à ma famille pour m'avoir soutenu tout le long.
Un immense merci à Robert Louis Stevenson, Arthur Conan Doyle, Mary Shelley, Herbert George Wells, Alexandre Dumas, Jules Verne, Victor Hugo, Ponson du Terrail et tant d'autres auteurs du 19ème et du début du 20ème siècle qui ont bercé mon enfance et mon adolescence.
Ce roman est un hommage et un cri d'amour pour cette magnifique littérature.

Prochainement, "Ecee-Abha" tome 2.

Composition et mise en page réalisées avec l'aide de WriteControl.